杂写三种

火会亮 —— 著

黄河出版传媒集团
阳光出版社

图书在版编目（CIP）数据

杂写三种 / 火会亮著. —— 银川：阳光出版社，
2019.11
（阳光文库）
ISBN 978-7-5525-5119-8

Ⅰ.①杂… Ⅱ.①火… Ⅲ.①散文集－中国－当代
Ⅳ.①I267

中国版本图书馆CIP数据核字(2019)第272769号

杂写三种

火会亮　著

责任编辑　李少敏
封面设计　晨　皓
责任印制　岳建宁

黄河出版传媒集团
阳　光　出　版　社　出版发行

出 版 人　薛文斌
地　　址　宁夏银川市北京东路139号出版大厦（750001）
网　　址　http://www.ygchbs.com
网上书店　http://shop129132959.taobao.com
电子信箱　yangguangchubanshe@163.com
邮购电话　0951-5014139
经　　销　全国新华书店
印刷装订　宁夏凤鸣彩印广告有限公司
印刷委托书号　（宁）0015630

开　　本　720mm×980mm　1/16
印　　张　13
字　　数　170千字
版　　次　2019年11月第1版
印　　次　2020年1月第1次印刷
书　　号　ISBN 978-7-5525-5119-8
定　　价　36.00元

自 序

　　之所以把集子命名为"杂写"，是因为三辑文章杂七杂八，写法都不尽相同。第一辑大都是写人记事的，是所谓比较正宗的散文随笔。开头一篇《家考三题》，其实是派生出来的文章。大约前年吧，一次饭间，叔父说他想编自己的作品全集，有十五六册之多。我当时喝了一点酒，也是情不自禁，便自告奋勇道："你要是出全集，我就给你写一篇万字随笔。"叔父很高兴，当即与我碰杯。出全集当然是很重要的事，说过的话怎敢食言，于是不久就开始着手写这篇算是自命题的"作文"。电脑一打开，脑子突然有些乱，思绪翻飞，想法很多，绕来绕去，竟无从下笔。后来还是从我们这个罕见的姓氏着手，开始往下写，写过两三千字，突然又拐到了家族上，家族可是有得一说，写过千把字，不知怎么又一下子拐到村子里，一写到村子，我就知道自己跑题了——文章的主人公没出现，铺垫的文字却已写过五六千。又回过头看前面所写的那些文字，发现它们竟可以自成一题，于是放在一起，就变成大家后来看到的《家考三题》。其时恰逢《六盘山》改版，永珍与李方兄约稿，承蒙抬爱，发在2016年开年第一期，且幸运地获得首届《六盘山》文学奖。写叔父的文章也随后写成，题为《愿送天香入舞台》。

《启蒙》写于2012年，当初是作为一篇小说发表的，文中主人公谢四光的原型其实是我的启蒙老师谢富荣。谢老师于前年去世，享年八十多岁。文中所记几为实录，故收在这里，以表达自己对老师的眷眷怀想之情。《星星点灯》也是如此，是"朝花夕拾"之作，不过它"遥祭"的是自己的少年时光。

　　第二辑是为自己和朋友的作品所作的序言与后记。其中《廉租房》写于2015年夏末，当时自己刚刚完成对长篇小说《开场》的修改，心情大好，乘兴而作，便有了这篇"婴儿诞生记"般的《廉租房》，它可与随后写成的《"富人区"》做姊妹篇。《话分两头》是这本集子里唯一没有发表过的文字，是为报告文学《大搬迁》所作的后记。《大搬迁》是几个人的作品杂糅在一起的合集，自己单独写作的部分名为《边走边看》（其实它还可以叫作《边走边听》）。之所以收录它，是因为自己对当年那段穿行于大山深处数月之久的岁月的怀念——那段经历后来形成的文字近9万字，是一篇原汁原味的移民笔记，时间当在2009年至2010年间，里面有我对宁夏中部干旱带生态移民的记录与思考，现在还躺在我的抽屉里，等待着"慧眼识珠"的出版社的临幸与光顾。

　　第三辑是几篇"闲话"，其中《闲话季栋梁》写于2017年11月，是专为《时代文学》"名家侧影"栏目而写。关于老季，其实有许多话要说，但限于栏目字数要求，最后就变成了现在这个样子。后来一位朋友看见，说挺好，"闲话"嘛，自然是越少越好，抓住精髓即可。于是心下稍安。

　　杂七杂八，凑成一集，既不系统，也不壮观。但有时又想，或许真正用心用情的文字，原本就是这个样子。

2019年6月10日

目录/CONTENTS

第一辑

第二辑

第三辑

（带★篇目为朗读篇目）

第一辑

家考三题

关于姓氏

我们为什么姓火？

火姓是怎么来的？

我们的祖先究竟在哪里？

有一段时间，我常常被这样一些问题所困扰，以至心心系念，有一种莫名其妙的不确定感。

小的时候，因为村子里的人大都姓火，所以自己并没有感到有什么特别。这种感觉一直持续到高中毕业，走出自己生活了多年的村子。

上大学时，教我写作课的宁夏大学教授张海滨先生，一次在我的作文后面写了这样一段评语："语言流畅，表达清楚明白，只是下次要注意，课堂上的作文不同于文学创作，尽量不要用笔名。"那篇作文被张老师作为范文在课堂上进行了朗读、点评。那篇作文当然很快被人们遗忘了。人们记住的，似乎只是作文后面的那句特别的评语："尽量不要用笔名。"

大二时，教我古代文学的是杜桂林教授。杜先生一直在北京某中学教书，调入宁大后，其教学方式仍沿袭着中学时期的习惯，每教完一篇课文或一个知识点，他总要对学生进行课堂提问。这往往是我们最不情愿也最忌惮的。他提问时，常常会把眼镜摘下来，然后手指顺着花名册往下滑，滑到谁，就叫谁。他点名的学生往往是名字有些特点的，如马应驰、马笑等。一次他的指头滑过我的名字时，似乎停顿了一下。"火会亮，废话。"他这么一嘀咕，我们班里的同学就哄一声笑了。他认为我的名字太直白，不够含蓄。这个笑话被我的大学同学一直"传颂"至今。

慢慢地我感觉到，自己的这个姓氏确实有些特别，但究竟怎样特别、特别在哪儿，自己还是不甚了了。

但自己因此招徕的格外关注是明显的、确切的。

比如办证件，或在外住宿，需要登记姓名，我说我叫火某某，登记的人便抬起头，问："是哪个 huo？贺龙的贺，还是霍元甲的霍？"我说："火柴的火，火光冲天的火。"登记的人便停住手，目光有些异样地看一看我，同时指头在空中画上几画："是这个火吗？"我点点头。登记的人便笑了，边笑边写我的名字："真是怪，世上还有姓这个的。"同时也不忘追问一句："什么民族？是回族吗？"我说是汉族。登记的人将信将疑，边看我的身份证边自言自语："还真是汉族。"似乎我的姓名存在着某种疑点似的。

大学毕业后，我先在一所乡下中学教书，后调入报社当编辑。因为名字常常被挂在报纸的一角，注意的人便渐渐多起来。

后来一位本地学者告诉我，据他考证，姓我们这个姓的，祖上应该是蒙古族。

"你们的祖上应该是一位将军，他随成吉思汗率领的蒙古大军一路南下，攻城略地，立下赫赫战功，后来功成名就，回到内蒙古草原，得到一块封地。封地叫火，你们的姓氏自然也就是火了。"

这位将军的名字叫火力虎达。

那么我们为什么流落到了现在的宁夏西吉县呢？

他讲起了我们那个村子的来历——

他说，很早以前，我们的村子并没有人住，而是一片放马的草场，到了宋代，为抵御北方少数民族的不断袭扰，朝廷下令在这里运土筑寨，以作兵营。城筑好后，最早的名字叫羊牧隆，后来改叫隆德寨，都是希望这里发达昌盛的意思。后来这里真就打了一仗，是西夏人和宋人打的，那场战事史书有载，叫好水川之战。这场战争非常惨烈，西夏人赢了，宋人连兵带将死了一万余人，尸横遍野，哭声震天。李元昊占领土城后，曾和他的丞相张元到城中巡游，路过土城脚下的土地庙时，诗兴大发，为贺大捷，曾于庙前照壁题反讽诗一首：夏竦何曾耸，韩琦未足奇。满川龙虎辇，犹自说兵机。夏竦和韩琦是当时驻防固原的两员大将，与他们共事的正是威名赫赫的一代名宿范仲淹。到了南宋，金人又攻占了寨子，并以此为据点，与宋兵对峙。据传，《岳飞传》中"牧羊城盗图"的故事就发生在这里。到了元朝，成吉思汗率军攻伐西夏，在占领了宁夏的大部分地区后，不久就攻克了当时金人把守的隆德寨，并以此为据点，继续向南进攻平凉。蒙古族人掌权后，隆德寨周边已住满了人，当时北方业已统一，忽必烈认为，隆德已无险可守、无敌可防，而六盘山附近正当其紧，遂颁诏迁城——这就是现在隆德县的前身。

"我想，你们的先人原来在古城当兵，时间一长，娶妻生子，落地生根。迁城以后，大约他们也不愿再四处奔波，于是就定居在这里。老城虽迁，但边贸集市犹在，久而久之，这里就改叫火家集了。"

"这就是你们先人的来历。"

听学者说完，我的脑海中立即浮现出古城中那些至今犹用的名字：大衙门、二衙门、大教场、小教场、杀人圈、马圈、马豁口……这些名字狼烟滚滚，杀气腾腾，似乎在无声地描摹着我家先人早年间的生活图景。

我们的祖先很早以前生活在大草原上？

我们当真就是蒙古族人的后裔吗？

我想起了我们村子里一些人的独特相貌：细眼、高颧骨、锣槌鼻子、骨架粗大的身材……尽管融合了许多代，但细究起来，蒙古族人的影子还在他们身上依稀可辨。

没有家谱，没有史志，也没有祖上流传下来的金辔银镫。

我曾经问过村子里最年长的老人。

老人神色迷茫地说："咱们的先人嘛，听说都是从大槐树那边过来的。"

和张王李赵家的说法几近相同。

我的叔父也一直在做这方面的考证。他早年曾写过一篇文章，题目叫《风雨隆德寨》，写的是他对古城历史的梳理与追溯。后来还写过一篇文章，叫《阿拉善联宗》，写他与内蒙古左旗一家火姓人家的奇特交谊，只可惜那家人的祖上不是内蒙古，而是山东。那家人照样对他们的来历充满疑惑。他们几乎逢"火"必问。他们不但通过某报社联系到了我叔父，还用通信的方式联系到了好几个火姓名人。如他们曾去信问过时任内蒙古自治区文化厅厅长的火华，此人是一位颇有成就的诗人、词作家、书法家，河北大学毕业，祖籍北京怀柔。火华后来回信道："我不姓火，本名郑桂富，火华只是我的笔名。"他们还问过当红歌星火风，知情的人告诉他们，那也是艺名，人家姓霍，名叫霍风。看来，在这个世界上，一个姓火的与另一个姓火的相认，还真不是一件容易的事。

后来碰到在固原电影院工作的火耀学兄，他说，他家在彭阳新集大火村，住在他们那个地方的人，十有八九姓火，而且他们的名字和我们村里人的名字出奇地相似。

这大约就是我至今知道的火姓人家最多的另一个地方了。

在百度上搜索，在"火姓"词条下有这样的解释：

火姓起源之说有七种，第一说源于燧人氏，出自远古时期发明火的三皇之一燧人氏，属于以先祖名号为氏；第二说源于口传历史，出自远古时期人类朴素自然的辩证思维，属于以五行中的火字为氏；第三说源于苗族，出自东汉末期罗甸（即南蛮）人的首领火济，亦属于以先祖名号为氏；第四说源于姬姓；第五说源于回族；第六说源于蒙古族；第七说源于锡伯族。

这七种说法每条下面都有详尽的解释。

我又查阅第六说中的"源于蒙古族"。这种说法称火姓出自蒙古族郭尔罗斯部族，属于以部族名称为氏。

这种说法又分两种情况：

第一种，原为蒙古族郭尔罗斯氏，亦称郭洛罗斯氏，族中人多为执法官或执政官，世居察哈尔及科尔沁。后有满族引以为姓氏，世居沽河。后改汉字单姓为火氏、郭氏。

第二种，在今上海市浦东闵行区、南汇区（2009年8月划归浦东新区），有火氏一族的聚居村。据火氏后人称，他们原不属汉族，而属蒙古族，姓也不是火，而是蒙古氏，他们的祖上即为元朝开国元勋蒙古·直脱儿。蒙古·直脱儿因其父蒙古·阿察儿征战有功，被封为博尔赤（掌管御膳的官），故以赤为姓氏。赤脱儿在元曾历四朝，立有大功，后被封为昭毅大将军、镇国上将军、淮东宣慰使，后又在南方任过嘉议大夫、行御史台中丞、资善大夫、福建行省左丞、江淮行省左丞等职，最后卒于江浙行省平章政事任上。由于其后来在江浙行省做官，因而其后裔中不少人定居江南。元朝末年，义军纷起，蒙古族后裔受到较大冲击，赤氏一族因此被逼上流亡之路，其中一个支系流亡到了现在的上海南汇区。据称，当时他们一路隐姓埋名，朝行暮宿，躲过了一次又一次的盘诘。一天，义军又来查问，不过他们这次不问大人，而问少不更事的小孩。他们问一个正帮母亲在灶下烧火的小孩："你姓啥？"孩子当时有些发懵，不知如何回答，此时突然灶中火起，小孩便边添柴边大声地说："火、火、火。"因此顺利躲过盘查。后来他们便改蒙古赤氏为火姓，定居于百曲村，即今上海南汇区百曲港一带。火氏定居后，渐渐融合于汉族，至清乾嘉年间火姓已成为该地区重要的姓氏之一。该支火氏中最早成名的是火观若和火始然父子，他们同为南汇秀才，学识渊博，且善诗赋，对冯金伯辑成《海曲诗钞》贡献颇多。自火始然后，其弟火锦纹、火金涛、火光大及火光大之子火文焕等亦为南汇知名人士，喜作文，好诗赋，其中火文焕在清咸丰年间曾继冯金伯之后编《续辑海曲诗钞》，名气颇大。

那么，我们流落到宁夏的这一支火姓，究竟属于哪一种情况呢？

关于家族

听老一辈人说，我们这个家族曾经有过一个家谱，但不是书，不是写在纸上，而是用毛笔写在一面锦缎上，像锦旗一样高高地挂在某一家的神案上，供后人祭奠、瞻仰。家谱就等于我们这个家族的神牌。过年过节，或是谁家有红白喜事，便要将这面锦缎请到家里，供全村子的人去烧香，去祭奠。家谱虽然简单，但也一目了然，谁谁家是哪一支、哪一派，锦缎上标注得一清二楚。当然，一旦名字出现在锦缎上，就说明这个人已经故去了。一般来说，往这面锦缎上写字的，肯定是家族里最有文化也最具威望的老者。比如谁谁家的人故去，首先要报告给这位老者，得到大家的肯定与确认，再由老者将名字书写在锦缎上，这位故去的人才算真正登堂入室，成为这个大家族中的正式一员。

老一辈人说，这个家谱存在了数百年之久，上面的名字写得密密麻麻。后来"破四旧"，家谱被当作"封建迷信"一把火烧掉，于是我们这个家族从此犹如断线的风筝，再也找不到自己的根了。

但我们村里的人很聪明，他们发明了一种独特的划分族系的方法，就是用居住位置来代替族系分支，如住在庙台子下面的，就叫"庙底下"；住在古城原先饭馆一带的，就叫"馆子呢（里）"；住在城墙下面高台上的，就叫"台台子上"；依次还有"火家堡子""湾儿呢（里）"……我家先人原先可能在村子的北边住着，所以他们便称我们这一门人为"北头子"。

北头子老大——这是村里人对我爷爷生前的称谓。

我太爷是一位老实本分的农民，勤俭持家，平顺度日，他一生最为人称道的壮举就是一连生了四个虎头虎脑的儿子。我爷爷是老大，其次还有二爷爷、三爷爷、四爷爷。四个爷爷长大成人后，顶天立地四条汉子，村里谁家也得高看一眼，于是我太爷便成为村里少有的受人尊抬的人。他老人家治家大约是有一些办法的，因为在他不幸谢世后，他的四个儿子并没有因此打得头破血流，而是仍奉先祖遗训，率领着各自的谱系分支，在一个香案上焚香升表，祭奠先人，至今也没有分开。如此算来，我们这个家族的人，从我太爷开始，到我爷爷这一辈、父亲这一辈、我们这一辈、我们的下一辈、我们的下下一辈，总数已超过了一百口。

我小的时候，我的四个爷爷都还健在，他们一律戴瓜皮小帽，留修剪得很讲究的三绺长须，穿对门襟褂子、大裆裤。

我爷爷生于清朝末年，他的脑后至死都留着向后梳的剪发，这大约是某个民间帮派的某种特殊标记吧。

记得最热闹的时候是大年初一，我的伯父叔父们带领着我们，一家挨一家地去拜年。一大帮人走在路上，地上的雪都被踩踏得扬起了粉尘。我的四个爷爷坐在自家的炕上，看着一大群儿孙呼啦啦趴倒在地，整齐划一地磕头、作揖，脸上不禁微微笑了。之后便从炕橱里取出香烟、核桃、枣儿，边给大家散边说："上炕上炕，先暖和暖和嘛。"

但谁也不会真的上炕。

得了核桃、枣儿，大家袖着手，急急忙忙赶往下一家。

我的四个爷爷均生于乱世，他们最好的年华都在兵荒马乱、忍饥挨饿中度过，该到真正享福过日子的时候，他们却一个个都去了。

我爷爷去世于1980年，当年春天，我们村里的联产承包责任制开始实行。此后，我的二爷爷、四爷爷相继离世。我三爷爷活得时间最长，去世于2001年，享年九十三岁。

我的爷爷们去世后，我的伯父们看上去明显老了。

我父亲亲堂弟兄共十一人，他们按照年龄的大小进行了排序，我父亲排行老五。叔父火仲舫排行老八，他是我二爷爷的次子。不管是伯父还是叔父，我们一律称大大，再在前面冠以他们各自的排位序号。如大伯父，我们叫他爹爹，二伯父叫二大大，三伯父叫三大大，四伯父叫四大大……依此类推。

我最小的十一大大只比我大一岁。

在我的印象中，我们这个家族真正过得有些样子的时候，还是在包产到户之后。那时家家都解决了温饱问题，日子在不知不觉中慢慢红火起来。不知怎么的，家族里就兴起了吃年饭。吃年饭是轮着来的，一年一次，一次一家。吃年饭的这一天，往往就是杀年猪的时候或大年初一。这一天，准备年饭的人家最忙碌，他们往往会在几天前就做一些准备工作，如买烟、买酒、买配菜用的粉条和大料。猪杀倒以后，大人们在门前拔毛洗下水，孩子们则已经开始奉命去各家各户请我的叔叔伯伯。人到齐后，年饭很快就端上来了，是猪肉片子炒粉条。肉片子足有一拃厚，白花花地苫在粉条上，看一眼都让人馋涎欲滴。吃完肉，自然要喝酒，这时候主人便要像吃席那样一盅一盅给大家倒。酒是很便宜的本地烧酒，酒盅只有拇指盖大小，倒过两三轮，已经有人捂着酒盅嚷叫"醉了醉了"，便不再喝。那时候，一瓶酒就可以把一炕人喝得很高兴，下了炕个个脸红脖子粗。

年饭吃了十年左右，后来不知怎么又不吃了。

1985年，我们家族在村里出了一次大名。那一年，包括我在内，我的两个叔叔和一个堂兄，我们四人一起上了大学。虽不是什么名牌大学，但由于是同一年入学，于是在村里很是掀起了一些波澜，被人们戏称为"一门四进士"。

由于这种好风气的带动，后来上大学的人就更多了，到我这一辈和我们的下一辈，读大学的人少说也有十多个。

我这一辈亲堂弟兄共二十一人。由于年龄差别大和人数过多，其亲密程度已大不如前，说到下一辈，有些甚至连名字也叫不全乎。只是在谁家有了丧事出门牌告示（即讣告，是阴阳写在一张大纸上以告知亲朋好友的，它往往张贴在一块卸了的门板上，内容为亡人的生平及子嗣情况）时，大家才一一对号，这时大家不免有些伤感，边对号边自言自语："噢，这是谁谁家的老二吗，这娃都长这么大了吗……"

之后长长叹息一声。

关于我们的村子

我们的村子很大，有近千口人。它的位置在西吉县兴隆镇与将台乡（2017年更名为将台堡镇）之间，沿着西静（即西吉至甘肃静宁）公路往南走，到王民路口，扭过头朝西看，西边有一座山包，山包及坡上住满人家，远远看去，那山上有房子，有院落，有断崖，有窑洞，有一座被大树罩住的古庙停在山腰，形似一个冠盖。下山后，一条小河绕村而过，河与山包之间，有一片平展展的川台地静卧其间，田园味道十足。

有一位外地的朋友说，我们的村子，从远处看，有点像敦煌的莫高窟。

莫高窟是座山，我们的村子也是座山；莫高窟有零零星星几棵树，我们村子的树比莫高窟多，但也没有多到把整个山头遮住；最主要的是，莫高窟有大大小小数不清的佛窟，而我们村子也有，不过我们村子的"佛窟"里没佛，那只是一些早年间人们住过的窑洞，久无人住，就变成现在这个样子了。

为什么会有那么多窑洞呢？

村里的老人说："早年间，这山上筑城，筑城的人多得没地方住，就在半山上挖窑，城筑好了，窑也就留在这儿了。"

老人说的"早年间"，大概可以上溯到北宋后期，而他口中所谓的城，指的自然就是我们村子上面的古城。古城四四方方，城垣犹在。古城最初的功能是驻军御敌，后来就和其他的城池没有什么两样了。

当初修筑它时，肯定耗费过现在无法想象的人力、财力，因为它既不在平坦的原上，也不在河谷川道，而恰恰处在西吉境内的两条河——葫芦河与滥泥河交汇的那个形似笔尖的小山脊上。两条河的河水就像天然的护城河一样绕城而过。筑城之前，这里和周边所有的地方一样，没有道路，没有平地，只有一道像兽背一样高高隆起的山包。多年之前，我曾经爬上与它相连的另一座比它更高的山上打量过它，觉得它的位置确实非同一般，就军事地位而言，它恰好处在两河及数条沟道交汇的中央，居高临下，进可以攻，退可以守。

根据一些零星的史料和现存的地名判断，它当年的景况非同一般。它有南城、北城之分，瓮城在北城的西北角上，被一道略低一些的城墙圈住，有大衙门、二衙门，衙门的样子究竟怎样，现在已无人能说得清了，但根据后来人们平田整地时挖出来的金碗、银碗、金杯、银筷子判断，这里应该殿堂森森，屋舍俨然，是将军和官员们居住办公的地方。出了瓮城，便是外城。外城有驻军，有居民，有横七竖八的巷道和笔直的街市。外城的东北角，现在我们叫它店子院，当年应该是旅人和客商落脚的地方。古城的北门和南门，当年肯定有吊桥、门洞，有厚重的布满泡钉的城门，现在却什么都没有，只有两个豁口，任过往的行人和牛羊往来进出。

从现在人们的叫法看，古城外面的两处地方最有特色。北边的地方叫"马圈"，它紧贴古城北墙，四四方方一个大院子，周围的院墙和城墙一般高，其东边的一道叫"马豁口"的深壕，据说是当年战马去河边饮水时踩踏出来的小道，年深月久，现在就成为一条大路了。南边城外，一个地方叫"教场"，一个地方叫"杀人圈"。叫"教场"的是当年的军营和练兵场，有数十亩地大，被一道矮墙圈住，还能看出个大概轮廓，而叫"杀人圈"的是古人行刑和关押俘虏的地方，现在则坍塌殆尽，一点儿痕迹都没有了。

筑这座城的时间是1017年，即北宋天禧元年。

筑这座城的人是一个名叫曹玮的将军。

这座城筑好后，历经千载，从此就再也没有消停过。首先是好水川之战，守将王珪战死，西夏人接管了它。时间不长，金人又将它占领，并且在此设县驻军，使之成为一级行政机构，这就是现在隆德县的前身。又过了若干年，蒙古大军一路南下，攻城略地，不久就占了古城，据说一代天骄成吉思汗还曾在这里逗留过。元世祖忽必烈掌权之后颁诏迁城，但古城仍然存在着，繁华着，并且历经元、明、清、民国初年四代更替。这期间，古城里仍有官衙、商铺、客栈以及横七竖八连接各家各户的街巷。这里贸易兴隆，客商往来不断。只可惜后来土匪出没，不时袭扰，加之官家无暇管理，集市慢慢凋敝，直到民国九年，即1920年的海原大地震将它彻底夷为平地。

如此算来，这座古城的驻防历史有一二百年之久，而前后存在的时间当在八九百年以上，可谓千年古城了。

在西海固，许多原本繁华和具有历史感的地方都被那场罕见的大地震给毁了，其中包括我们的村子。

我们村子的古城原先有三个不同的名字：邪没笼川、羊牧隆、隆德寨。

为什么这么叫呢？

许多人和我一样，望文生义，认为这些名称肯定与放牧或畜牧有关，有一篇文章还煞有介事地揣测，这里很可能是古人特设的管理畜牧的一个什么机构——因为所谓"羊牧"，看起来实在像是"牧羊"嘛。

后来我查相关资料，才明白自己闹了个大笑话——"邪没笼川"

系蕃语，它其实是"斜没笼川"的误读，意思是"一条斜向而流的河"，这条河，就是现在的葫芦河。葫芦河曾被叫作瓦亭河，也叫陇水。据专家考证，"羊牧隆"其实就是"邪没笼"的讹传，它们其实是由"羊牧"（邪没）和"隆"（笼）两个蕃语组成的一个词组，"羊牧"的意思是黑色，"隆"的意思是河谷，"羊牧隆"意即黑水河谷。这和甘肃庄浪的意思一模一样。"庄浪"二字也是蕃语，"庄"是野牛，"浪"是山谷，庄浪者，野牛谷之谓也。

至于隆德寨，那确实应该是后来的统治者取字面意思，希望此地"德隆昌盛"而改的名字。

为什么是蕃语呢？

难道这个地方曾经被吐蕃王朝统治过？

熟悉中国历史的人都知道，吐蕃王朝是中国历史上第一个在青藏高原建国的王朝，因与唐朝相生相伴，所以它的历史总是充斥着大量唐朝的故事，尤以众多的公主和亲为最。在前后达二百多年的时间内，它几易其主，内部纷争不断，不过最后大家都认为，它最辉煌也最鼎盛的时期还是娶了文成公主的松赞干布统治的时期。一般来说，它的势力范围应该在青藏高原一带才对，那么，它什么时候竟跑到中国的大西北来"撒野"了呢？

我赶忙翻阅与吐蕃王朝历史有关的资料，终于找到了它与我们这个小小村庄的某种渊源或联系——

755年，唐朝发生"安史之乱"，唐玄宗从长安逃到四川，由于唐朝抽调大量对付吐蕃的军队去平乱，西部防务空虚，吐蕃趁机占领了陇右、河西等大片地区。在赤松德赞在位时，吐蕃王朝的辖地大大扩张，它与大唐的疆域，东面以陇山为界，北到宁夏贺兰山，南面以南诏为属国。790年后，吐蕃占据北庭、安西，数十年后又失去了。据藏文史籍记载，吐蕃还一度推进到喜马拉雅山以南的恒河北岸。

吐蕃王朝统治我们那一带也即史书上所说的"陇右"的时间，当在"安史之乱"之后，前后不过数十年。而在这数十年中，一个外来的王朝给一个地方留下的伤疤存在了一千多年之久而犹有印痕，这不能不说是一个人间奇迹。

小的时候，我常到古城里和伙伴们玩。那时候，古城里非常荒凉，瓦砾遍地，砖头缝里种着庄稼，所以我们村里的人又把它叫"瓦子窝窝"。在这里，我们放牛、放羊、照看庄稼，兴趣来了，还会在洋芋地里垒"锅锅灶"烧洋芋吃。偶尔，我们还会在砖头瓦块间捡到一两枚锈迹斑驳的铜钱。

那时候，古城里没住一户人家。

爷爷曾给我描述过他小时候的情形："房都震塌了，压死的人不计其数，后来这座城就废了。起先还有人零零星星地住着，慢慢地就都搬了出来。那么大的一座城，没有一个人住，你想那是啥情形？我当娃娃时，晚上根本不敢从这座古城里过，就是在大白天，人的头皮也发麻呢。有些人说，到半夜里，你如果趴到城边边上听，能听见城里头有脚步声，就像许多人在忙着赶夜路……"

我赶忙用手捂住了耳朵。

我爷爷生于清朝末年，经历过无数次天灾与匪患，在他的印象中，古城就像一本活着的史书，无声地记录着我们村子许多年的磨难与曲曲折折。

我记事时，古城已经很平静了，那里每年都种满各种各样的庄稼，到秋天时，糜子地里的麻雀起起伏伏，一落一大片，于是满城都响着人们轰赶麻雀的声音。

后来，有一些人家陆陆续续搬进了古城。

再后来，我们村子唯一的一所小学也搬到了这里，暮鼓晨钟，古城又渐渐热闹起来。

站在古城最东边的城墙上，我们村子的一切尽收眼底：房屋、院落、树木、道路，它们像一圈儿青藤从城墙上面披覆下来，呈一个半圆形状将古城紧抱怀中，古朴，安详。

我们的村子叫火家集，但现在一点儿也看不出它的商业气息了。

2015年10月31日

愿送天香入舞台

我爷爷弟兄四个，他们一共育有十一子，按照祖上留下的规矩，这十一个儿子均按照年龄的大小进行了排序。我父亲排行老五。叔父火仲舫排行老八，他是我二爷爷的次子，和我的三伯父系同胞弟兄。

20世纪60年代中期，为讨生活，父亲和叔父先后离开老家，来到当时非常荒凉的银北参加工作，父亲是建筑工人，叔父为煤矿工人。后来，叔父与人对调回到老家西吉，父亲则一直坚持到多年之后病休，然后退休。

回顾当年在"异乡"漂泊打拼的日子，弟兄俩感慨不已，都说那可真是一段"激情燃烧的岁月"，它们像砧板上的铁锤一样，把他们从头到脚都进行了一番严酷的"锻打"。

这种"锻打"像黄金一般珍贵。在以后的岁月中，凭借这种"锻打"出来的品格，他们能够面对任何困难而百折不回，倔强，坚韧，不服输。

我父亲一生共经历过三次大病，每一次都仿佛生死大劫，但病好之后他依然乐观、积极向上，从不颓废；他一边与病魔做斗争，一边倾力支撑着一个偌大的家庭。他对生活的这种积极态度，使我这个做儿子的常感愧疚，自叹弗如。

叔父则将这种品格用在了事业上。从煤矿回来以后，他从最基层的小学教师做起，当过乡文化馆干事、县广播站记者、县文工团书记、县广电局副局长、县委宣传部副部长、县广电局局长，最后退休在固原市文联主席任上。一步步走到今天，我觉得早年间的那段经历无疑在其中起到了关键作用。

关于父亲，我将在我的另一篇文章中述及。我这里要说的，是关于叔父的点点滴滴。

1

叔父生于1949年，与共和国同龄。

在我的记忆中，叔父始终是独特的、充满活力的，他总是用自己的一言一行、一举一动来感染和带动我们这些尚且懵懂的晚辈后生。

我记事时，叔父已参加了工作，先在小学当老师，后调到乡文化馆任文化馆员，意气风发。作为"公家人"，他除了与村里人不一样的言谈举止和穿着打扮，带给我们更多的则是洋溢在他周身的艺术气息。

他会照相。相机是那种老式的海鸥牌相机。阳光充足时，他就将这架相机带回来，给我的几个爷爷奶奶和子侄们照相。相片洗好之后，他便将它们用一个个小纸袋装好，连同底片分送给相片各自的主人。时至今日，我家仍保存着他那时给我爷爷奶奶照的一张照片——这是两位老人八十年间留存在世上的唯一一张照片——照片中的爷爷戴瓜皮小帽，穿那种清朝人才穿的长袍马褂（其实是他老人家的寿衣），双手抚膝坐在木凳上，白须拂胸，一脸慈祥；我奶奶则显得非常瘦小，裹黑头巾，穿黑袄（其实衣服是红色的），缠小脚，背景则是我家三十多年前的老房子。逢年过节，我父亲总要将这张业已放大了的照片搬出来，点上香烛，摆上果品，以寄托自己的哀思。

除了照相，叔父还会写春联。那时村里穷，文化落后，写毛笔字的没有几个。叔父便显得卓尔不群。叔父不但给自家写，也给别家写，写着写着，人就来得多了，有时上庄里的人也拿着红纸、端上墨汁排队让他写，叔父往往一写就是一整天。写春联的这天，二爷爷格外高兴，他老人家早早地起来，把院前院后打扫一番，把炉子烧旺，一边炖茶一边招呼等待写春联的人们。同时也不忘给大家讲这样一个故事：解放前，我们村里没有几个念书人，能写春联的就只有地主家的一个儿子。大年三十，全村人都聚集到他家写春联，也是一写一整天，光招待人的油饼就得满满一笸篮；即便如此，到最后还是有一部分人拿不到春联，他们只好沮丧地回去，自己用毛笔在裁好的红纸上画两行圆圈贴在门框上，充作春联。

听完这个故事，大家都觉得，无论在什么年代、什么社会，只要有文化，能写得一手好毛笔字，自然就是一件体面而值得夸耀的事情。

后来，我也能识得几个字了，我爷爷便怂恿我写春联。爷爷给我买来了毛笔、墨汁，把红纸按门框的大小裁好，然后找来一本后面附有若干春联的"历头"（即历书）铺在炕桌上。爷爷也讲那个地主儿子写春联的故事。爷爷说："写吧，你不要怕，再丑的媳妇也比没媳妇强。"爷爷半跪在炕上，他在炕桌的一头压纸，我在炕桌的另一头照猫画虎往上描。春联很快就写好了，字自然歪七扭八，不成样子，但我爷爷显得很高兴。他老人家一边往大门框上刷糨糊贴春联，一边对路过我家门前的人小孩子一般炫耀："是我孙子写的，这娃今年才十一岁，字写得有模有样。"

一转眼，我的爷爷们离开人世已三十多年之久了，回想起他们当时的音容笑貌，历历如在目前，使人顿生凄怆无常之感。

包产到户之后，村子里不知怎么就兴起了唱秦腔，也即唱社火。我们村子的社火班远近闻名。社火班的成员当然都是我们村的村民。社火班相当于一个村子的大型剧社。我的三伯父、我父亲、我叔父，还有我的姐姐，他们都曾是社火班的主要成员。别小看这个社火班，在物质匮乏、文化生活也极其匮乏的偏远乡村，能成为一个社火班的主要成员，其社会地位显然要比一般村民高。我们的家族整个都包裹在喜气洋洋中，尤其是叔父，他简直就是我们这个家族的骄傲。他的秦腔唱得格外地道、格外棒，几近专业水平。他扮演的角色也非常引人注目——旦角，就是像梅兰芳那样男扮女装的角色，这可不是谁想演就能演得了的，尤其是正旦，它不但需要扮演者有非常出色的唱功、扮相，还要有与之相匹配的充满典雅之美的一招一式、一颦一笑。我不知道叔父是从什么时候开始这种充满着浪漫主义的训练的，但我敢肯定地说，他一定吃过不少苦头，下过许多功夫，因为他扮演的角色非常出彩，也相当吸引人，几乎惟妙惟肖。他曾经扮演过《断桥》里的白娘子、《窦娥冤》里的窦娥、《辕门斩子》中的穆桂英、《游西湖》中的李慧娘、《铡美案》里的岚萍公主或秦香莲……每扮演一个角色，都能赢得村里人长时间的称赞与喝彩。

　　记得那时村里还没有戏楼，演出的舞台就是一片冬天的庄稼地。庄稼地呈斜坡状，坡上是舞台，坡下的低洼处便是人们看戏的剧场。舞台是用简陋的帐篷搭起来的，四面透风，脚下能扬起细细一层尘土，而观众几乎就是站在一堆虚土和一团土雾中看戏。我到现在也搞不明白，一部很简单、很老套的程式化的秦腔老戏，何以就能让成千上万的人在大风地里有滋有味地看上数小时而纹丝不动、意犹未尽？

　　由此我想到了他后来广为人知的长篇小说《花旦》。我想，任何一部成功作品的诞生，都不是虚妄的，或无缘无故的，它一定有着某种不为人知的诱因或者契机；而一个艺术形象的创造，又是复杂的，难以说清的。一个明晰的观点是，深厚的生活积累和深入骨髓似的生命体验，肯定是一部作品再好不过的底色或基石。

2

读到初中以后，我莫名其妙地开始对写作感兴趣，这种感觉就像春天的苗芽，一旦破了土、露了头，就任什么力量也阻挡不住了。

现在想来，这种兴趣的产生无疑与叔父有关。叔父那时已开始在报刊零星发表文章。记得他那时常用的一个笔名叫"钟声"，大约是在写一些批评稿件或不宜用真实姓名时才用。所写文章也是五花八门，有新闻报道、评论，也有一些带文艺性质的散文随笔。但忽然有一天，他竟写了部足有几千字的"大块头"，是一篇小说，题目叫《我的傻丈夫》，发表在《宁夏群众文艺》上。作品借一个女人之口，用第一人称的手法塑造了一个心地善良、不善言辞，但喜欢"悄悄做好事"的农村"憨男人"形象。现在看来，这篇作品情节并不复杂，构思甚至有点"程式化"，但在当时让人感觉灵动、清新，它带给我的惊讶程度，并不亚于他后来真正称得上"大块头"的长篇小说《花旦》。因为我那时所接触或阅读到的文学作品，除了几本残缺不全的《水浒传》《三国演义》《封神演义》……就是几本初创时期的本地文学刊物，而真正能把自己的文稿变成铅字的人，在我看来简直不可思议，甚至有些遥不可触。

叔父在我心中顿时高大起来。

我也偷偷写起小说来，模仿的对象除了叔父，就是当年那些尚处在启蒙阶段的本地作家。怎么写呢？编故事。编各种各样离奇的故事。如写一个生产队的饲养员，为了把牲口喂好，喂得膘肥体壮，不但悉心铡草、添草、出圈，还把自己家仅够果腹的粮食偷偷拿出来喂给牲口们吃。后来牲口们健壮了，他和他的家人却一个个倒下了。再比如写一个小伙子爱上一个姑娘，爱得死去活来，睁眼闭眼都是这个姑娘，可姑娘对他没有那个意思。怎么办？他就去缠她，努力地讨好她，给她掏鸟蛋、下河摸鱼、上山逮兔，但姑娘仍然不喜欢，于是他偷偷地把姑娘家仅有的一只下蛋母鸡给烧着吃了……这样的作品，注定是不会发表出来的。还模仿过一些篇幅很短的散文诗，堆砌一堆华丽的辞藻，用几个不常见的成语，再无病呻吟一番，仅此而已。写好之后，很规整地抄在方格稿纸上，恭恭敬敬地拿给叔父去看。叔父也极其耐心，看过之后，便在我的"习作"后面写一段话，点出作品的不足，指出今后努力的方向。

作品没有发表出来，我却很快学会了如何投稿。当然，这些都是叔父教给我的。叔父教我如何在稿纸上写标题、如何署名、如何在稿件抄写完后缀上自己的联系方式，以便与编辑建立联系。有意思的是，那时投稿竟可以不用自己贴邮票，而只是在粘好的信封上写上"稿件"二字，再将信封剪去一角即可。

后来我了解到，叔父对文学青年的关心、鼓励，并不限于我这个侄子。一次，一位现在已被称为"名家"的朋友无意间说起当年对文学的热爱，竟充满感激地一再提及我叔父，他说那时他和叔父都在县城工作，只要见面，叔父总要问及他的创作情况，而每有作品发表，第一时间总能收到叔父的祝福，说些鼓励的话，再送他几本稿纸、一沓信封。

"那时要不是老叔，我肯定走不了这么远。"朋友不无真诚地说。

即便是现在，我也常常碰到一些大中专院校的学生或文学青年来家里拜访他，而每有人来，他总是非常热情，一边让座沏茶，一边询问他们近期创作上遇到的困难，言辞恳切，一如当年对待我们；有时还替他们义务看稿，达到发表水平的，就推荐给文学杂志或报纸副刊。

3

说到叔父，我总是想起现在流行的一句话：性格决定命运。他自己曾写过多篇"剖露心迹"的文章，透露信息最多的其实就几句话：认真工作，真诚待人，努力写作，不惧人言。这几句话看似简单，但要真正做到其实并不那么容易。

他有一份内容庞杂的简历，除工作过的单位和任过的职务，还有以下一些社会兼职或头衔：宁夏作协副主席、中国作家协会会员、中国戏剧家协会会员、中国少数民族戏剧学会会员、宁夏文学院签约作家、固原市文联与作协名誉主席。而在创作成绩方面，则罗列了一个长长的清单：长篇小说7部、散文集2部、剧本10部、电视剧5部近百集，当然还有他没有列入其中的新闻作品、文学评论及报告文学。

看到这一长串清单，有人禁不住会问：这个人怎么什么都写啊？要是一直坚持一两种文体的写作，那不是成绩更大、影响更广吗？

此言不谬。

但问题的关键是，他所有的作品，其实都与他所干的工作和所任的职务有关。换言之，他的每一批作品的诞生，其实都是他本人某一段或某一个时期本职工作的另一种记录与诠释。

在乡文化馆和县广播站，他最主要的任务是对外宣传，也就是写新闻稿件。那时不管大报小报，只要你翻开，就极有可能读到他的那些或长或短的新闻作品。他那时写作的量非常大，几乎是一篇接一篇，四处可见。我敢说，一个专业记者的发稿量，未必就能比得过他这个县上的业余"通讯员"。

工作出成绩了，领导便重视，而领导重视的最好方式便是提拔升职。

从县广电局一般记者升任县文工团书记以后，他的写作兴趣开始渐渐转向戏曲。因为他知道，西吉县文工团可是个不一般的文工团，团里不但人才济济，表演形式多样，而且还曾因成绩突出而获得过具有全国影响的文艺界"乌兰牧骑"先进团队。这么重要的单位交给他，他怎么好意思不努力工作？

于是他开始埋下头去写剧本。他希望通过自己的努力来使这个日渐式微的团体再上一个新台阶。他尝试过各种形式的剧本创作，有歌舞剧、花儿剧、眉户剧、秦腔剧等，有些剧本还获得过国家级奖励。每写一部剧，他都要在本团进行试排，而试排的过程就是剧本完善和修改的过程。我就曾目睹过他的一部秦腔剧从写作到排演再到进一步完善的全过程。这部秦腔剧名叫《五凤岭》，是根据话本《五女兴唐传》改编而来的。它第一次试排的地点不在县文工团，而在我们村里的社火班。那时我们村里的社火班还相当活跃，几个在本地有影响的把式和"唱家子"还正当年。听到这个消息以后，大家非常高兴，视之为一件盛事，争着抢着要演新剧中的角色。通过集体讨论研究，角色最终一一敲定，我们家族的人分得几个重要角色，我三伯父一个，我姐姐一个，就连因久病未登台的父亲也分得一个。叔父则在剧中饰演女主角兼做导演。记得演出的那天，新修的戏楼前灯火辉煌，闻讯赶来看戏的人络绎不绝。那时我的四爷爷还活着，他老人家曾在旧式学堂读过多年私塾，算是我们村里的一个大知识分子。演出当晚，叔父叫人搬来一把靠背木椅，请他老人家坐在戏场中央，一边观看，一边现场评议，算是耳提面命。演出结束后，叔父自然又要修改润色，如此数番，这个剧本终于逐渐成形，得到大家的认可，被包括县文工团在内的多个正规演出团体多次演出过，业内人士评价甚佳。

这期间，他还创作了大量其他的戏剧作品，如花儿剧《凤凰泉》《情暖农家》、眉户剧《走出大山》、秦腔剧《好水悲歌》《三姊妹》《黑面女》等，有好几部戏曾是县文工团演出的保留剧目，而它们从写作到排演再到逐步完善的整个过程，均与《五凤岭》一剧相仿佛。

到县委宣传部任职以后，叔父感觉肩上的担子更重了。为配合本职工作，他的写作自然又要调整，又要转向。这一时期，他似乎又回到了之前的状态，写作仍然以新闻稿件为主，再辅以纪实性的散记、随笔。

值得一提的是，就在这时候，西吉出了一件史无前例的大事，这便是筹建举世瞩目的中国工农红军长征将台堡会师纪念碑。这一任务的前期工作就是搜集大量史料，用以证明红军长征三大主力，即红一、二、四方面军进驻延安之前最后的会师地是宁夏西吉将台堡，而不是之前所说的甘肃会宁。这可是项前所未有的工作，它牵涉到党史及红色革命史的纠正或修正问题。西吉县委上下一心，很快行动起来。那时，不管是搞史志的专家，抑或是热爱此道的文人，都开始根据自己掌握的史料撰文立说，一篇接一篇刊发于本地的一些报纸杂志。叔父自然也参与其中，而且他无疑是这个群体重要的一分子。记得他有一篇论述文章叫《将台堡红军会师为何知名度不高》，因为论据充分受到格外关注，后经主管宣传的自治区相关领导特别批示，宁夏各大纸媒悉数刊登、转载。据不完全统计，他那时撰写的考证文章及宣传性文稿，少说也有数十万字之多。

纪念碑筹建工作确定以后，首先忙碌起来的是西吉县委宣传部。在过去，西吉县委宣传部素有"拼命三郎"之美誉，意思是工作起来便不知道休息。老部长李景珍如此，后来的海正生部长亦如此。那时，叔父恰与海正生部长搭班子，一个是正职，一个是副职。海部长抓全面工作，叔父负责落实具体事宜。那时，叔父除负责各种文案的处理工作和协调工作外，还接受了另一项更为重要而艰巨的任务，那就是同宣传部的一名干事，到北京去邀请当时还健在的、当年曾参加过将台堡胜利大会师的老将军们为即将筹建的纪念碑题词。其中的艰难曲折难以尽述。关于这次非同寻常的首都之行，更为详尽的描述记录在他的《晋京求墨散记》一文中，此文曾获过宁夏文学艺术奖，被多种宁版文集广泛收录；而那些弥足珍贵的将军题词，后来被陈列于将台堡会师纪念厅，名为"将军翰墨碑林"，供后人及来访者观瞻。在纪念碑筹建的过程中，还有一件让人猝不及防的事情，那就是由于太过忙碌，积劳成疾，海正生部长竟在工作中心脏骤停，溘然离世，给他的同事和西吉的百姓们留下了无尽的哀思与浩叹。

4

写长篇小说《花旦》时，叔父已调入固原市（当时叫固原地区）文联任职。这可以看作是他多年努力的结果。叔父调入市文联后，先是副职，后转为正职，负责全面工作。那时，西海固文学经过数代作家的共同努力，终于有了结果，得到了广泛认同，而西海固文学和西海固作家群更是作为热门词语被各大媒体热炒。

面对这种局面，叔父继续发扬他"属牛"的精神（语出他的文章《我属牛》），沿着前任留下的坚实足迹，做了许多力所能及而广受好评的努力。

关于他在工作中的诸多业绩，已有各种媒体做过详尽报道，毋庸赘言。我这里要说的是，他本人的创作方向在这个过程中又发生了悄然扭转。

当然，这种扭转仍与他的本职工作有关。

这一时期，他写的文字大概可以归纳为以下几个方面：一是与西海固文学有关的文字，这包括他的若干讲话、发言以及专门就西海固文学所作的具有宣传性和总结性的理论文章；二是与西海固作家群相关的文字，这包括他的若干侧记、散记、作家访问记及给一些丛书和作家作品集所作的序言；三是一些电视剧脚本及零星的、不成系列的散文随笔。

真正写作长篇小说还是几年以后的事。那时，他的工作已得到了广泛认可，而西海固文学也逐渐步入了一个前所未有的"黄金期"。

怎么突然想起写长篇小说来了呢？

关于这个问题，我没有与他深谈，不敢妄说，但我想下面的几个因素或多或少在其中起了作用：

其一，随着与西海固文学相关的活动越来越频繁，一些国内文坛的名家、大腕不止一次地光顾西海固，而这种光顾在客观与主观两方面都给了他启迪。何以见得？这从他给第一部长篇小说的命名就可以窥见一二。他的第一部长篇名为《花旦》，而在此前，曾来过西海固的江苏作家毕飞宇写过一部中篇名叫《青衣》，此作不但获得了《小说月报》第九届百花奖，且由其改编的同名电视剧也随后在央视一频道热播。就我的写作经验判断，一篇作品对一个人记忆的激活与催生是直接的，其作用也是非常巨大的。

其二，西海固文学与西海固作家群的概念已不是先前有人说的"自娱自乐"或"孤芳自赏"，而是随着一部分作家作品的获奖与"冒头"逐渐被当代文坛所认同、所接纳。而这种认同与接纳带来的冲击是巨大的、毋庸置疑的。作为这个团体的头儿，他首当其冲会感受到这种冲击带来的鼓舞与振奋，从而反省自己，鞭策自己。

其三，当时西海固文学的主要成绩是中短篇小说，而长篇小说除南台的《一朝县令》外，尚处在一个无人填补的"空白期"。

其四，作为市文联领导，在长期摸底和与基层作家打交道的过程中，他一定会感觉到，所谓"西海固文学"，其实已不是一两个人或一小部分人所参与的"精英文化"，而是一股弥漫在这片土地上的、醇浓而挥之不去的"普众意识"，自然涵盖所有人在其中所做的努力与默默耕耘。如他就曾碰到过一个大字不识几个的泾源县的农民，竟用了近十年时间完成了一部数十万字长篇小说的创作。且不论这篇作品的质量如何、结果如何，就这种倔强而乐在其中的精神，也足以感染每一个身边的人。

或许还有其五、其六、其七、其八，但不管怎样，肯定是有一股强大的力量刺激了他、激发了他，使他在短时期内很快产生了写作长篇小说的冲动。

这种冲动带来的结果是，隐藏在他内心深处的关于生活的记忆被触动了、激活了，而这种记忆是有温度也有厚度的。这种记忆包括一个人数十年间的阅历、对事物的认知、对生命的体验以及关于各种人生常态的感受与判断等。这种记忆一旦被赋予强烈的艺术感觉，那它无疑会因找到了一种坚实的附着物而散发出迷人的芳香。

《花旦》从构思，到写作，到完成修改，仅用了短短一年左右时间，也算是个不小的奇迹。小说完成后，我有幸读到了初稿，虽然那时作品还不完整，还需要修改，但那种扑面而来的古朴和黄土气息还是给我以极大震撼。小说以西北某村落的一个秦腔戏班为活动主体展开故事，人物众多，时间跨度达半个世纪之久，其中的恩怨纠葛更是令人目不暇接。如果按照传统的对一部作品的剖析，我可以将之概括为如下几个"独特"：结构是独特的——作者用传统的章回体来构架整个作品，其中以戏曲唱词或仪程词所填的小标题清新秀雅，令人耳目一新；语言是独特的——这篇小说的语言没有斧凿的痕迹，轻巧自然，流畅通透，显然有回归传统小说，即所谓民间话本的意思；人物是独特的——在戏曲中，花旦是一个区别于青衣的行当，一般来说，青衣是正旦，沉稳端庄，大气典雅；花旦则漂亮俏皮，甚至有些轻佻或泼辣。懂戏的都知道，青衣代表着悲剧，花旦代表着喜剧，但在这部作品中，一生扮演过无数喜剧角色的花旦齐翠花，却在人生的舞台上结结实实上演了一出五味俱全的人间悲剧……更为特别的是，这部小说的背景除了伴随其左右的时代印记外，便是无处不在的西部的影子，有人特意统计过，这部小说所展示的西北民俗活动少说也有三十余种之多，无怪乎有人将其称为"大西北民俗宝库"。

作品出版后，多位名家给予了推介与点评，溢美之词颇多，区内外数十家媒体先后进行了宣传、报道，本地评论界更是给予了热情的关注，一时掀起了一股不大不小的"《花旦》热"。

读者的反应参差不一，说好有之，说歹亦有之，这原本也是正常的，因为任何一部作品的诞生，都伴随着读者真诚而严苛的"挑剔"，一味说好或一味说不好都不是客观或理性的评判。

与同道的朋友谈起来，他们觉得这部作品的意义已不言而喻，但作为一部有影响的"大部头"，似乎还有许多地方需要打磨和推敲。他们觉得，要是再将她放一放，再沉淀沉淀，让她的构架再紧实一些、语言再精到一些、人物的开掘再深再饱满一些、故事的溪流再逶迤一些、字数不是八十万字而是五十万字……或许更好。

但每一部作品的诞生都仿佛是一场"宿命"，时间到了，它也就在那儿了，剩下的事情就只有交给命运本身与时间了……

5

《花旦》之后，叔父又写作了多部长篇小说。

他依然埋头在他所熟悉的那些人物和故事中。他的精力依然旺盛，信念依然坚定，如果没有杂事打扰，他几乎整天都可以待在书房里而不出门半步。

也许在他看来，人生原本就是一个舞台，作为演员，扮演好自己的角色才是最重要的，观众叫好不叫好是一回事，而一个演员卖力不卖力又是另一回事……

（注：文章标题取自老舍给日本话剧团的一首赠诗。原诗为：长安牡丹五月开，风送天香入舞台。文艺东方光万丈，剧团良友尽英才！）

2015年12月15日

启 蒙

七岁时，爷爷说："再不能耍了，再耍就耍野了。"于是他牵着我的手，像牵狗一样把我牵到了学校。

我们的学校在村子的南边，是几间由旧戏楼改造而成的简易教室，戏楼中间隔了一堵泥墙，一边是一年级，一边是二年级，戏楼边上的一角支着一张破旧的木桌，就算是老师临时的办公地点了。戏楼前面是一片空地，空地旁边是一条水渠，过了水渠，就是我们村里唯一一条横贯南北的土路了。

我的启蒙老师姓谢，叫谢四光，是从邻村谢家圪垴聘过来的民办教师，个子很高，一口烟牙。他是那种头顶长得很尖的人，因而总感觉他戴的帽子一个劲地往周围塌，尤其是后脑勺那里，塌得更厉害，就像是谁故意在那里压了一把一样。谢老师那时五十岁左右的样子，嘴里叼着根旱烟棒，正在靠近门口的铁炉子上熬中药。我和爷爷进去时，教室里已弥漫了一股很浓的旱烟味和中草药味。

谢老师抬起头，和我爷爷打招呼："老人家，你咋来了？"

他管我爷爷叫老人家。

爷爷说："给我孙子报个名，到上学的年龄了。"

谢老师说："还早着呢，你让娃娃先耍两年嘛。"

爷爷说："再不能叫耍了，再耍就耍野了。这跟调牲口一样，一生牙就要调，等牙长满再调就调不住了。"

谢老师便对着爷爷伸了一下大拇指，"还是你老人家明事理，娃上学就是不能年龄太大，太大了难开窍。我原先说，娃上学的年龄七八岁正好，可你们村里人犟，说七八岁懂个啥。结果呢？十一二岁才领过来，一个比一个笨。"

爷爷便得意地捋着胡子笑了。

报完名，领了课本，谢老师便让我坐到前排的一个座位上。所谓座位，就是些土台子，两边用砖头支着，顺砖墙横搭一条长长的木板，高的是桌子，矮的便是凳子。教室里一共有三排这样的座位。一排坐四个学生，三排便是十二个学生。后排的学生大，占地方，谢老师便让我坐在了紧靠讲台的第一排。

看着爷爷慢慢走出教室，走上土路，我趴在木板上差点掉下泪来。

谢老师说："从今天开始，你就是学生了，学生可不能像放羊娃，放羊娃没纪律，学生得有纪律。记下了吗？"

我茫然地点点头，感觉脑子一片空白。

我注意到，教室里的学生，有认识的，有不认识的，不管认不认识，他们的年龄似乎都比我大。我还注意到，最后边坐着的那个大个子，上嘴唇都有一层淡淡的黑毛了。后来得知，这个学生姓王，是西洼王家的，他竟然比我大六岁半。

戏楼角子上挂着半页生锈的铁铧，"当当当，当当当……"迅急地敲时，是上课；"当当，当当……"缓慢一些敲时，是下课。

第一堂课我听得云里雾里。

好不容易挨到下课，尿却憋得厉害，正在地上打转，那个嘴唇上长了一层黑毛的同学走过来问："是不是尿胀了？"我点点头。"黑毛"说"跟我来"，说完便朝旁边的同学挤挤眼。我那时竟没有识破他的诡计。他在前面走，我在后面随。走到教室后面用两堵墙隔出来的厕所旁边，他站住了。两堵墙上都用白灰写着字，可我不认识。"黑毛"指指右边的那个说："就那里，你进去吧，我在外面等你。"我急失慌忙进去，连看都没看就解开了裤带。这时听见拐角上"哇"地叫了一声，紧接着一个脸蛋红红的女生提着裤子跑了出去。我不知道发生了什么，惴惴地尿完，惴惴地走出厕所。这时就见两个班级的同学都围过来看，边看边喊："流氓，流氓。"我哪里见过这阵势，当时就吓得哇哇大哭起来。哭了几声，"黑毛"分开众人走过来，蹲下身子笑笑地盯着我的脸说："别哭别哭，进了一趟女厕所有啥哭的。"随后，他又对我循循诱道，"是这样，你给大家说说，你究竟看见了什么，你要是说了，咱们就当啥也没有发生，你要是不说，我就让他们天天喊你流氓。"我说："我尿憋，啥也没看见。""黑毛"说："还嘴犟，人家谢红都哭着告老师了，还说没看见。"说着嘿嘿坏笑了两声，然后把地上的一片破瓦放肆地搁到我头上，"说不说？不说我就让大家喊你流氓了。"见我不说，他就朝后面挤了挤眼，这时大家像有人指挥一样齐声喊道："流氓，流氓……"

那天算是我此生最难熬的一天了。

也就是在那一天，我首先记住了这个嘴唇上长一层淡淡黑毛的同学的名字：王明山。

放学以后，我第一个冲出教室，头也不回地往家里跑。刚过水渠，就听见后面几个跟我一般大的孩子撵着喊："流氓，流氓……"

我飞也似的逃回了家。

从那天起，我一连三天都没敢到学校。第三天中午，我刚从野地里溜进家门，就听见谢老师正和我爷爷在上房里说话。

谢老师说："老人家，你那个孙子就来了一天，这几天连他的人影都没见。"

爷爷说:"你可能没注意,他去学校了,我早上把他送到大路上才回来。"

谢老师笑着说:"统共只有十来个学生,我咋能注意不到?他可能看你回去了,就跑到野地里耍去了。是这样,老人家,你明天费点心,一直把他送到教室门口再回去,我看他还能往哪搭跑。"大约是见我爷爷生了气,谢老师又缓和了语气说:"是这样,老人家,你不要打他,也不要骂他,好话给他安顿,娃娃嘛。"

这天晚上,爷爷确实没有打我,也没骂我,而是给我讲了许多读书成才的大道理,末了说:"娃呀,不读书不行呀,不读书你到城里连个茅房都找不见。"

这话算是说到我心坎里了。

但我立即又想起了王明山和那些喊我"流氓"的同学。

我说:"爷爷,你就让我跟着你放羊吧,放羊又不需要认字,而且山上又没有茅房。"

爷爷说:"娃呀,太多的道理我说不出来,就是说出来你也听不懂,总而言之,你现在要上学认字呢,认的字多了,你就明白了。"

第二天早上,爷爷早早地起来给我装书、装馍馍,看他的架势,今天他是非要把我送到教室里去不可。

走上大路,我对爷爷说:"爷爷,你回去吧,我认得路。"爷爷说:"你走你的,不要管我。"见爷爷一副倔强的样子,我心里彻底绝望了。我在前边走,爷爷在后边跟。走到操场那儿时,爷爷说:"我在这儿看着,你进去,你进去爷爷就回去了。"我低着头往前面走,走到戏楼口时,才发现原来那里有个拐角,拐角上正好有个旮旯,我赶忙侧身进去,半个墙角正好挡住我的身子。藏了一会儿,我估计爷爷已经走远了，就赶忙探身出来，刚要脱身，爷爷就已到了我的眼前。爷爷这回是真生气了，他愤怒地举起拐棍，一边朝我屁股上打，一边骂："你个没起色的货，我让你躲，我让你躲。"爷爷接连在我屁股上打了四五棍。

正在打时，谢老师走出了教室。谢老师一把抓住爷爷的拐棍，笑着说："老人家，这就对了，娃娃不能太惯，惯得太劲大就上头了。"爷爷说："谢老师，今天我把他就交给你了，这娃要是再不听话还跑，你就狠狠地打，就是打断了腿我也不埋怨你一声。"谢老师笑着说："老人家，我知道，你先回去吧。"

爷爷回去后，谢老师就把我领进教室。当着全班同学的面，谢老师像戏台上的老爷过堂一样开始了对我的询问："那谁谁谁，你给我说，你为啥不来学校上学，是学校不好吗？是老师不好吗？要不就是你人大心大，一间小小的教室装不下你了？"见我一个劲儿地抹眼泪，谢老师又说，"如果这几样都不是的话，那一定就是哪个坏蛋欺负你了，说，是哪个？"说到"哪个"时，谢老师陡然提高了声调，同时目光凌厉地在教室里扫了一圈，吓得同学们都迅速低下了头，仿佛一些怕见光的虫子一样。这时我偷偷瞄了王明山一眼，发现他脸色煞白，神色慌乱。谢老师继续说："我这辈子最恨的就是大的欺负小的，强的欺负弱的，坏的欺负好的，如果我以后发现谁是这样的话，就打折他的腿。"训了几句，谢老师就把我领到座位上，"你前面旷了几天课，老师可以原谅你，毛主席都说了嘛，要允许同学们犯错误，只要把错误改了，还是好同学。不过老师把丑话说在前头，下不为例，下次要是还无故旷课的话，老师可就真生气了。"

这天早上，我一直坐在教室里认真听讲，心里再没有了害怕的意思。课间休息时，同学们去撒尿，我也跟着去。我故意把尿撒得高高的，看他们的反应，他们一个个都低着头，半侧着身子，同时以躲闪或掩饰的方式逃避着我的目光。当然，从那以后，再也没有同学步调一致地喊我"流氓"了。

放学后，王明山加紧步子追上了我，说："好样的，你今天没有当堂告老师，算你娃娃识相，以后你得听我的，要是不听我的话，我还有可能让大家喊你别的。"

我迅速掉头往教室里走。

王明山说："干啥去？"

我说："告老师去。老师说了，谁要是欺负小同学，他就惩罚谁。"

王明山赶忙挡到我前面，神色明显有些慌乱了，"我是跟你说着耍呢，这娃咋还不识耍。"

我说："谁跟你耍？"

见我语气强硬，王明山明显地软下来了，他不但对我不再蛮横，反而将一只黑乎乎的手讨好地搭在了我的脖子上。我一扭脖子，态度决绝地甩掉了那只黑乎乎的手。

王明山神色有些茫然地转身走了。

正式上课以后，我对谢老师的好感与日俱增，不但恐惧感消失，而且对他的一举一动都充满了好奇，产生了兴趣，好像他天生就是我的老师似的。

"当当当，当当当……"伴随着急促的上课钟声，谢老师昂首走进教室，把课本、教鞭和半盒粉笔放到讲桌上。"同学们，前几天有个同学因故没来上课，我们等了他几天，现在这个同学来了，我们就开始正式上课，请同学们把书翻到第一页。"谢老师说完，随手拿起旁边的课本。课本第一页上写着指头大的三行黑字：毛主席万岁；共产党万岁；我们是毛主席的好学生。谢老师把那三行字一笔一画写在一个用木架子支起的黑板上，然后回过身抓起那根用竹竿做成的教鞭，说：

"同学们，大家跟着我读，我读一句，大家读一句。"之后教室里便响起了震耳欲聋的诵读声，喊口号一样。在读的过程中，谢老师会把教鞭放在字的下面，读一个字，点一下，点一下，又读一声，这就使得教室里不时响起那种竹节敲打黑板的声音。

读过数遍之后，谢老师就歇下来，他拍拍拍拍手上的粉笔末，把教鞭往桌子上一放，说："现在你们自己读，我抽一棒旱烟。"

见我们都读起来，谢老师就慢慢地踱着步子，慢慢地卷着旱烟。烟卷好后，他走到戏楼角子的那个铁炉子前，掀起炉盖，"轰"一下用纸条引出一团火来，然后偏过头对着火团点烟。吸了几口，坐了一会儿，谢老师又走到铁炉子前面。这时他顺手揭开炉子上熬药的药罐子，用一根竹棍搅一搅，药罐子里立即腾起篮球大的一团白汽来。白汽一腾，教室里就弥漫着那种浓浓的中草药味，格外香，格外醒鼻，这使正在大声朗读的我们不禁起了一阵小小的骚动。

早上课罢，爷爷早早地在水渠那儿等着。他双手挂着拐棍，两眼不眨地朝着戏楼口张望，见我蹦蹦跳跳出来，他的脸上明显绽开了笑容，像看到庄稼地里的好收成一样。爷爷拖着我的手，一边走一边问："早上上的啥课？听得懂听不懂？"我说："认了几个字，都是些大白话。"听我叙述完内容，爷爷心有不甘，说："你给我念一念，念一念。"我便大声地喊："毛主席万岁，共产党万岁，我们是毛主席的好学生。"惊得在路边觅食的几只麻雀"啾啾"乱飞。爷爷将着雪白的胡子，哈哈地笑了。

晚上睡觉时，爷爷说："这是你上学的第一课，一定要学扎实，是这样，我给你盯着，你再念一遍。"我说："就那么几个字嘛，我都烂到肚子里了。"爷爷说："小心没大岔，你不要怕麻烦。"爷爷掏出课本，指着上边的字说："念。"我懒洋洋地念了一遍。爷爷说："还有一种念法，不知你会不会？"他拿着烟锅，打乱了字的顺序，突然指着其中的一个字说："念。"这我往往要考虑半天。尤其指到共产党的"党"字时，我要费半天工夫才能想起。就这样，我和爷爷折腾了半夜，直到我精疲力竭方才罢手。

上第二堂课时，谢老师照例拿着课本、教鞭，还有半盒子粉笔。他迅速地把昨天学过的那三行字写在黑板上，说："今天上课之前，我们先温习一下昨天认过的生字，看你们记下了没有。"说完，顺手拿起桌边的那根竹竿教鞭。他从课本里抽出班级花名册，说："下面我要点名了，我点到谁，谁要喊一声"到"，"到"字喊完，就往下念黑板上的字。"

第一遍是按照顺序念，全班几乎所有的同学都念下来了；第二遍则是打乱顺序念，他拿着教鞭，像昨天晚上爷爷拿旱烟锅一样，东点一下，西点一下，点来点去，点得局面大乱，事先没有准备的同学不禁暗暗叫苦。这天早上，除我之外，班里其余十一个同学几乎都没有顺利地认全生字。

临下课时，谢老师站在讲台上做总结性发言："今天我算看出来了，有些人，你不要看他长得人高马大，胡子都黑茬茬的了，可学业还不如人家一个七岁的娃娃，啥原因，啊？"

谢老师将这段话翻来覆去讲了大概有三遍。

下课之后，我发现王明山一直躲避着我的目光，偶一相遇，也是迅速分开，就像有人用火悄悄烫了一下。

认字结束以后，就该到写字了，写的仍然是那几个字。上课以后，谢老师就让大家拿出作业本和铅笔，他在黑板上写，我们在底下学，他写一笔，回头招呼我们写一笔，一个字写完后，他就让我们连起来完整地写。我们写的时候，他就走下讲台，一边前前后后巡视，一边纠正某个同学的某一种错误。如果哪个同学实在写不好、写不对，他就站在这个同学的背后，用手握住这个同学的小手，一横一竖，一撇一捺，直到这个同学写会为止。一般来说，大家都是不愿意让谢老师握手的，因为谢老师在握住你的小手的同时，他身上浓烈呛人的旱烟味也会从身后传来。

看大家都写得差不多了，谢老师就啪啪地拍着手上的粉笔末子，说："今天就学到这儿吧，现在大家把书装上，把碳棒拿出来，到操场上去，一人占一块地方，一个字写20遍。"说完，就又到戏楼拐角抽旱烟或熬中药去了。

到了操场上，大家呼啦一下散开来，就像古代的跑马圈地一样，大家迅速掏出碳棒，低下头，佝偻着身子，然后用碳棒方方正正画出一块地来。这块地就是我们今天的"作业本"。我们在操场上用碳棒写生字，谢老师则优哉游哉地坐在门口的木凳上，抽烟，想事情。我们那时的教室是间临时的简易教室，一边是一年级，一边是二年级，一边说话时另一边听得真真切切；一年级上语文课时，二年级上数学课，反之亦然。由于两边互相串音，于是就有了一班上课、一班在操场上写生字的情形。又由于教室在村子边上，靠近大路，且四周没有围墙，因而便经常有村民们在劳动之余蹲在水渠上看我们写生字，一边看一边在旁边品评。

"这个娃灵醒，教的字一遍就会，随了人家先人了。"

"这个娃也不错，虽说字写得像狗牙一样，但细看笔画还对着呢。"

最后一个就有些不客气了，"这是斜眼子老四家的娃吧，这个娃笨呀，跟他老子一样，一个毛主席的'毛'字写了半天，最后那个弯就是弯不过来嘛。"

之后便是一片哗笑之声。

每到这时，谢老师就慢慢地踱过来，一边和他们搭讪，一边参与或纠正他们的品评。于是，一个孩子的学习优劣就在他们这样光天化日之下的评说中分出来了。

当然，每到这时，便是我最为得意也最为陶醉的时候了。

谢老师教学的特点在第一节课还看不出来，到第二节课时就显露无遗了。第一节课是教生字，老师教，学生写，谁都一样，再笨的人也装得过去。可第二节课就不一样了，第二节课是写生字，是检验第一节课教学成果的时候。这时教室里就会充满一股浓浓的肃杀之气，大家都屏住呼吸，眼睛盯着门口，连最顽皮的学生都不敢咳嗽一声。

谢老师进来后，把教本放在旁边，然后把一根长粉笔折成若干小段，糖果一样在桌边摆开，说："这堂课咱们温习上节课教的生字，我叫到谁，谁就到黑板前面来写，我说写啥字就写啥字。"

这就是有名的"考生字"了。

同学们被依次叫上了讲台。

谢老师说："大家先写一个毛主席的'毛'。"大家就用粉笔写一个"毛"字。

谢老师说："大家再写一个毛主席的'主'。"大家就用粉笔写一个"主"字。

写过两个字后，谢老师会突然停顿下来，然后打乱句子的顺序，就像认字的时候一样，会"乔太守乱点鸳鸯谱"那样从中间点出一个字来。如共产党的"党"字，万岁的"岁"字，只要这样一乱点，肯定就有同学写不出来。

而在这些写不出来的同学中，每次肯定都有王明山。

王明山和那些写错字的同学在讲台边站成一溜。

谢老师背着一只手，另一只手指头乱点着训他们："你们亏了你们先人了，亏了你们大了，你们大一天一褂子地给你们背馍，为的是啥？啊？"

又骂："你们这是偷了馍馍门背后吃呢，是自哄自呢。"

被骂的同学像经了浓霜的菜头一样一个个低下了头。

谢老师骂一句，想一句，想半天，又骂一句，中间停顿的间歇很长。有时我们以为他骂完了，骂累了，没想不一会儿又接上了。他骂的时候，往往会把一些旱烟味很浓的涶沫星子喷溅到对方脸上，让对方有种双重受辱的不堪之感。

第二节的"考生字"课，往往就在这种骂声中悄然过去了。

也就在这时，许多人都感觉日子无端地漫长起来。

谢老师尽管很"凶"，但对我是最好的。我那时因为生性腼腆，又格外胆小，生怕一不小心使先人受辱，便对写字格外用心，再加上爷爷睡觉前的悉心教导，渐渐地，我就成为谢老师课堂上的"红人"了。

谢老师常常表扬我。

他总是当着大家的面这样说："你看看人家，你再看看你们。"

这时我往往能感受到从王明山那儿传递过来的绝望的目光。

有一段时间，谢老师会把我悄悄叫到一边，低下头悉心叮嘱道："写字是很重要的，不管你以后干啥，只要想干大、干好，字写得不好是万万不行的。"

又说："人生识字糊涂始，字认得多了以后，人自然就不糊涂了。"

这期间还发生过许多故事，值得一提的是，由于我的突然"蹿红"，爷爷便格外高兴起来。爷爷挂着拐棍，背着另一只手，有事没事地就到我们学校附近转悠。一边走，一边笑眯眯地看着戏楼。见谢老师从戏楼里出来，他就步幅很大地迎上去，并迅速把玛瑙嘴子的烟锅掏出来，装上旱烟，双手递去。

谢老师点上火，"吧嗒"吸一口烟："老人家，你这个孙子长大肯定是个有出息的，这娃要是没出息，我把头割了给你当尿罐子。"

我爷爷便捋着胡子哈哈笑了。

一年之后，我们的学校就搬到村后的塬上了。塬上有一座古城，古城里有四四方方的城墙和五颜六色的庄稼地，在那里，我度过了自己童年中最为快乐的一段时光。

又一年后，谢老师竟被"精简"回家了。

得到消息的第二天，爷爷特地请谢老师在家里吃了一顿葱花面。爷爷小心翼翼地问："啥原因吗？你又没犯错误。"

谢老师说："是嫌咱年龄大了，知识老化了。"

爷爷说："这不是卸磨杀驴吗？知识还有老的、新的？把娃管住就成了嘛。"

谢老师淡淡一笑："这你老人家就不懂了，现在是知识年代，知识年代就要由有知识的人来管，咱也不能耽误人家娃娃——误人子弟，如杀人父兄也。再说了，我回去也还能劳动，横竖是挣工分嘛，到哪里都一样。"

谢老师说着，眼里竟汪了满满两包泪。

从那以后，我就再也没见过谢老师的面。

只是偶尔听赶集回来的爷爷说："又碰见你们谢老师了，谢老师还夸你呢，说你是个有出息的。"这样说时，爷爷照例会哈哈大笑，笑过之后却又跟着一声轻微的叹息。

我上大学那年，爷爷已经去世了。上学前夕，我特地去爷爷的坟头烧了一回纸，意在告慰爷爷的在天之灵。奠完酒，磕罢头，正要扶膝站起时，忽然发现爷爷的坟头竟长了许多打碗碗花，一簇一簇，粉嘟嘟的，像一些小巧而精致的酒盅。

那天我一直坐到夜色罩住了爷爷的坟头。

进校之后，我所做的第一件事便是给远在数百里之外的谢老师写信，信的内容业已忘记，只记得写了喜悦，写了艰辛，也写了十年寒窗苦读中对他的默默感念。那封信写得很长，很抒情，写着写着，竟把自己搞得几欲落泪。信寄出去后，我隔几天就到班级的邮箱查看，却始终没有收到过谢老师对我的只言片语。

大学毕业后，我被分配在离家不远的一个小镇上工作。周末或节假日，我常常骑着自行车回家，就像当年在镇子里上学一样。这样，我便经常会碰到一些十几年未见的同学，这让我有了一个难得的旧梦重温的机会。渐渐得知，我小学时的那些同学，除几个在附近做点小本生意外，其他人基本上都在家务农。

我也碰到了同学王明山。他那时已是三个孩子的父亲了。他个子更高，胡须也更浓密，见了面，竟有些久别重逢的激动。

"谢老师说得没错，你到底是个有出息的。"王明山说，说时使劲摇着我的手。

我笑着说："咱俩差不多，我不还是在咱这搭转？"

王明山说："那可不一样，我种地着呢，你却在凉房房里坐着呢。"

我顿时有了些忐忑不安的感觉。

说起小时候上学的事，王明山竟还幽默了一把，"你那时把我们害惨了，害得我们天天都挨谢老师的骂。"

我笑道："都多少年前的事了啊。"

问起谢老师的情况，王明山轻轻一叹："日子过得还凑合，就是经常有病，好像是肺上的。"之后又说了些家长里短的客套话。

目送王明山远去，我心里竟泛上来一种说不出味道的酸涩，心想，哪天一定要抽空到村里去看一回谢老师。

这样想过不久，我就由乡里调到了市里，再辗转由市里调到区上。至于要看望谢老师的那个念想，终于在世俗的纠缠打磨中日渐淡去。

一晃又是十余年。

今年春天，我正在老家盖房子，中间歇晌时，母亲突然进来说："谢老师在咱们家门外站着，他说他要看看你。"我心头一紧，顺手拿了一盒烟，小跑着出去。远远地，我就看到了多年未见的谢老师。谢老师仍戴着深蓝色的帽子，帽子四周向下塌着，蓝制服，蓝裤子，只是上衣和裤子都洗得有些发白了。他的身材依然高大，背略微有些佝偻，下巴上突兀地留着一撮花白的胡子。见我出来，他脸上立即露出了我所熟悉的那种笑容。这时我才发现，他满嘴的烟牙竟已所剩无几了。

我赶忙上去抓住他的手，并立即拆开拿在手里的那盒烟，"谢老师，多年没见，你还好吧？"

"好，好。"他接过烟，慢慢点上，慢慢吸着，然后像打量一个陌生人那样将我从头到脚打量了一遍，"我只是路过这儿，听说你给家里盖房，就想过来看看，好，好。"说着，转过身就要离开。

我似乎有许多话要对他说，便用劲拉住他的胳膊，要他到屋里坐坐，喝口水。

他却扬了扬手里的木棒，"还有半截子路呢，你忙着，我回去了。"说完，他便执拗地转过身去。这时我才意识到，原来他手里的那根木棒，是拿来当拐杖用的。

我急忙赶上一步，将那盒刚刚拆封的烟装进他的上衣口袋。

他慢慢地走着。

竟再也没有转身。

许久许久，我感觉有一种热辣辣的东西，竟一下子盈满了眼眶。

2012年5月

星星点灯

　　最先起来的是西子，然后是腾子，他们两个会合后，就站在我家门前的大路上等海子、顺义子。海子和顺义子家在村子中间的一个坡台上，顺着崖边的一条小路下来，走上不到百步，就是我家的门台子。我家的门台子在村里唯一的一条大路旁边，要去学校，必经此地，因而我就成了他们每天最后一个要等的人。

　　他们站在路边，一边跺脚一边扯开嗓子喊："老会，老会，走啦——"

　　会子是我的小名。他们之所以在前面加个"老"字，并不是因为我年龄大，而是这样显得我们亲密、关系铁。

　　他们这么一喊，村子近旁的狗就开始叫起来，先是汪汪汪汪的，声音很高，很凌厉，带着愤怒，渐渐地就拉起了长音，汪——叫成一片，似乎是在集体表达着一种被打扰了的抗议。

　　狗一叫，我也就醒了，揉着眼睛赶忙往棉衣棉裤里伸胳膊伸腿。这时奶奶已经在厨房里热好了剩饭，她点上煤油灯，一边给我往脸盆里添水一边催促："快点快点，人家都在门口等半天了。"

　　一切都显得手忙脚乱。洗脸、吃饭，然后抹抹嘴，背起昨晚就装好干粮的书包。这时同伴已等得有些不耐烦了，他们一边在原地捣脚，一边七嘴八舌地埋怨："天天都让人等，你不会提前起来那么一点点吗？"

"就是，提前一点儿就那么难吗？我们也都瞌睡得很。"

最后埋怨变成了调侃："肯定又吃残汤了，他奶奶每天都给他热残汤。"

残汤就是剩饭——这是我们那里的方言中保留古汉语味道最浓的一个词。

埋怨了几句，大家开始上路，这时大家注意到，东边山顶上那颗最亮的星星已升起老高了。那颗星星有鸡蛋那么大，非常亮，非常显眼，它一出来，周围的星星一下子就变暗变淡了。那颗星星学名叫启明星，我们那里人把它叫"三星"。那时候，家里穷，没有钟表，估摸时间的办法一是看三星，二是听鸡叫。鸡叫三遍时，我们就起床了，起床后看看三星的位置，如果它刚升到山畔，说明时间尚早，还可以靠墙眯一会儿，等升得有一房子那么高时，我们就该上路了。三星又大又亮，它不但能准确标示时间，而且发出来的亮光足以照见我们脚下的路。

我们叽叽喳喳，一路走，一路嚷叫，附近庄子里的狗全被我们吵醒了，叫声此起彼伏。

从家里到学校，我们要走六七里路程，路虽不远，但其艰难程度绝不亚于爬山过洼。从村子里出来，需下一面斜坡，坡下是一片柳林，柳林边上水声微响的就是我们那里非常有名的一条河——葫芦河。那时葫芦河的水很大、很清，能看见河底的石头。河上搭一根刨平的整木，便是桥了。由于天天走，我们每人都练就了一套摸黑过桥的本领，几乎从未落过水。河那边是一片庄稼地，种些玉米和向日葵之类的高茎作物。穿过这片庄稼地，上一面斜坡，便是一段令我们心惊胆战的河崖路，崖有四五层楼那么高，河水在崖底哗哗流着，时不时就有一块被水淘塌的崖土"轰"一声落在河中，声音格外大，也格外响。崖上面也是庄稼地，种着麦子和胡麻。秋天上学时，地里的庄稼已收割完了，留下一地参差不齐的麦茬。我们一边提防着麦茬扎脚，一边留心地埂边的断崖，可谓步步惊心。走过两里地左右，就是我们上学路上的第一个村庄——李庄了。李庄是我母亲的娘家。每年年头节下，我都要跟着母亲去这个庄子，对这个庄子的情况，我可以说了然于胸，每一个犄角旮旯都熟悉。但在黑天，在星光下，它又换了另外一副模样，朦朦胧胧，影影绰绰，似乎到了另一个陌生而新奇的世界。过了李庄，便是赵庄。赵庄的村头有两只大狗，每天早晨，它们就像算准了时间一样在那里等候我们，只要我们的身影一出现，它们立即行动，快速靠拢过来。这两只狗并不像别的狗，远远地蹲在自家门口，大合唱一样跟着别的狗瞎叫一会儿，等我们过去也就万事大吉——它们却不。它们耳朵竖着，腰身微弓，扑过来之前并不出声，只有在距离我们很近时，它们才石破天惊一般大叫几声，很像古时候荒村野店剪径的劫匪。它们一只黑色，一只白色，那只黑的姑且不说，那只白的其实我们老远就已经看到了。在快要靠近它们时，我们老早就在路边捡上几个土块或者断砖瓦块捏在手里，等那只白狗雪团一样滚过来，我们便齐声喊打，一时间杀声四起，土石横飞，那两只大狗还没有张口叫几声，头上腿上就已中了数"弹"，最后吠叫声变成了哀嚎声。我们边打边跑，等它们歇过劲，再试图发起第二波攻击时，我们的脚步早已迈出赵庄地界了。赵庄之外，是一大片川道里的庄稼地，这时曙色微明，东边天际露出一带浅白，原先黑魆魆的村庄和树木，渐渐像幕布一样从远处浮上来，像一幅色彩浅淡的图画。

　　我们加紧脚步，在田间地埂走上多半个时辰，就到我们学校所在地了。

我们学校所在的村子叫东坡，是个有两三千口人的大村，村里的人家呈长条状沿山排开，房前屋后种满各种各样的树木，柳树、杨树、椿树、槐树、杏树、梨树，远远看去，那些人家都隐在树的后面，只有走近时才能看清它们的样子。一条南北走向的砂石公路从村子中间穿过，将村子一隔为二，路边高大茂盛的柳树却又将它们浑然连接起来。

学校在村子的正中，背山临路，看上去很有气势。学校原是一所小学，为什么要收我们这些远道而来的初中生呢？据老师讲，国家恢复高考制度后，学生人数猛增，原有的公社中学容不下，按照就近安置的原则，我们这些家离公社较远的学生就只好在这里将就一年了。

学校的主体在一个土台子上，台上是老师宿舍，台下是七八间灰砖灰瓦的教室，像工厂里的老旧仓库。

我们的教室是第一排的第一间。

到了学校，天还没有完全放亮，教室里黑乎乎的。负责开门的同学早已到了。进了教室，我们拿出放在抽屉里的煤油灯盏，或读书，或写作业，很少有人大声喧哗。更远处山那边的同学也陆续到了。如此半个时辰，天才逐渐放亮。天亮之后的第一件事是跑操。跑操之前，值班老师是要敲挂在土台上一棵树桩上的钟的（其实是一页犁铧）。钟声短促、激昂，就像部队里的集合号一样。听到钟声，所有教室里的同学都放下书本，挤挤挨挨从门里出来，踢踏踢踏在各自的教室门前排队。队列分初中部和小学部，小学部留在操场上，一个年级跟着一个年级，转着圈绕着操场跑，初中部则需到外边去，沿着公路两边的砂石路跑。

跑操时，老师们都出来了。由于学校分初中和小学两部分，老师自然也就分成两部分了。教小学的都是本村或邻村的民办教师，年龄大，穿戴土里土气，看样子只比本地农民强那么一点点。他们几个人挤在一间办公室里，白天写教案、改作业，晚上各回各家，显得匆忙仓促而神情委顿。学生出操时，他们悄无声息地从办公室里出来，一个跟着一个，或袖着手，或远远地躲在操场边上，有时也呵斥队列里调皮捣蛋的学生，但声音小，动作也小，让人感觉底气严重不足。教初中的老师则不然，他们大都是从公社派过来的公办教师，有几个还是刚出校门的师范生（那时还很少有大学生），精神抖擞，朝气蓬勃，精神面貌显然不是小学老师可比的。他们从单间宿舍出来，一般都把手背在身后，踱着方步，跟在学生队伍后面，脚上的皮鞋油光锃亮。

早操之后，便是早读，早读结束，一天的课程才算真正开始。这时我们都坐在座位上，睁大眼睛盯着教室门口，认真感受着新老师带给我们的点点滴滴。

第一个给我们留下深刻印象的是语文老师吴老师。吴老师名叫吴英，三十岁左右，高大，帅气，留分头，穿中山装，裤腿上的裤线像画上去的一样笔直。吴老师教我们语文兼做班主任。第一次上课，吴老师就把我们吸引住了。他手里端着教案和课本，课本上放着一个粉笔盒。上课铃响过，他快步走进教室，在我们集体起立的杂沓声中，把课本和粉笔盒放好，说了声"同学们好"，又在我们齐声高呼的"老师好"中，双手下垂，端端正正鞠一躬。这一连串干练的动作立即把我们感染了。老实说，在小学读书的整整五年中，我们从未见过如此英俊而彬彬有礼的老师。

我们凝神屏息聆听着老师的每一句话。

老师说："同学们，今干（天）是开学记（第）一干（天），个（我）先自个（我）介绍一下，个（我）是你们的班主任兼语文老师，个（我）

姓吴，大家以后就叫个（我）吴老师。"接着他拿过旁边的点名册，微笑着对大家说："上课之前，个（我）们先互相认识一下。"

之后开始点名。

听了老师的这一段开场白，我们立即判断出，老师的家应该在县城西边靠近甘肃会宁一带，因为只有那里的人才有如此浓重的山里口音。

渐渐地，我们注意到，老师不但把"我"叫"个"，把"咱"叫"曹"，把"天"叫"千"……还把"妈"叫"nia"，把"奶奶"叫"赖赖"。后来，在读了大学中文系后，我才知道我们那一带的方言属陇东方言，就是现在甘肃庆阳、平凉一带的方言，而吴老师这种发音独特的方言，既像陇东方言，也像陕西方言，或者说既不像陇东方言，也不像陕西方言，换言之，它或者就是这两种方言在人口迁徙融合过程中改来改去的移相变种。

吴老师虽然地方口音浓重，但讲课非常生动，他很早就采用启发式的教学，整堂课都在师生互动中进行，这又与我们先前碰到的那种"填鸭式"或"满堂灌式"的教学形成鲜明对比。

除了语文、数学，我们新增加的课程还有物理、化学、生物、政治、历史、地理，每一门课都有一个新老师，新老师留给我们的印象，并不亚于新增课程带给我们的好奇与新鲜。

按照学校的安排，早晨三节课，下午三节课。三节课的中间，就是老师与学生午餐的时间。午餐时间大约三小时。这时候，老师和家在本村的同学都回家吃饭了，教室里就留下我们这些离家远且在本村没有什么亲戚的。这群人中，除了我们五个天天都在，还有李家嘴头的几个、张家湾里的几个、五十岔的几个。记得那时学校也不供应热水，中午我们拿出各自从家里带来的午餐（其实就是干粮），吃那么一会儿，再到哪里讨一碗水喝，这一天的午餐就算结束了。最初，我们都是各自为政，一个地方来的攒在一起，各吃各的，渐渐地大家就有些彼此融合的意思了。大家都把各自带来的东西摊开在桌面上，你吃他的，他吃你的，直到把这些东西吃干净，类似于现在城里流行的户外野餐。一般来说，我们拿的东西相对单调一些，无非煮玉米棒子、煮洋芋、白面饼子、玉米面馒头，而山里同学拿来的则五花八门，除了煮洋芋和白面锅盔与我们一样，他们还有荞面馒头、糜面馒头、莜面饼子、豆面饼子、炒豌豆、炒大豆、炒扁豆、炒回回豆。最丰富的一次，他们还有人拿来了驴肉包子和麻腐馍馍，而这些东西我们平时很少吃到。

　　吃完东西，我们并不急于休息，因为我们那时并没有午休的习惯，即使有，哪里有睡的地方啊——如果觉得实在太累就趴在课桌上眯一小会儿。实际上，大多时间我们并不老实。我们往往会在吃完东西后走出教室，在临近学校的山上娱乐一会儿。我们娱乐的方式大概有两种，一是"打仗"，二是捉虱子。"打仗"的时候，我们一般选择学校旁边的庙嘴，即学校东边背靠的那座小山包。据说，这座山包原先是有座庙的，但我们上学时什么都没有了。从一条羊肠小道上去，是一层一层的梯田，长着杂草，栽些桃和杏之类的低矮果树。"打仗"时，我们一般分两组，我们一组，山里来的所有同学一组，不摔跤，也不肉搏，而是像解放军扔手榴弹那样扔胡墼，也就是土疙瘩。我们各自占领着一块梯田，用田埂作为掩护，开始向对方扔胡墼，那些胡墼都是极松软的土疙瘩，即使真砸到身上，也不是很疼。我们都趴在地埂后面，一边向对方扔，一边喊打喊杀，只要一方坚持不住举了白旗，这场"战斗"就算结束了。"打完仗"，我们就躺在阳坡上晒暖暖。那时的太阳可真暖和啊，尤其是在冬天，冻了一早上，浑身都缩成一团，出来晒那么一会儿暖暖，可真是一种超级享受啊。我们散布在山包上的各个角落，三个一组，两个一伙，一边晒暖暖，一边交流着彼此家庭的一些情况。这时候，藏在我们衣服里面的虱子开始蠢蠢而动。虱子是一种人体自然产生的寄生虫，只要你衣服破旧，再加上长时间不换衣服不洗澡，这种通体灰白色的东西立即会遍布全身。虱子也是一种喜热不喜冷的动物，冷的时候，它一动不动，静静地蛰伏在衣服夹层或缝隙里，而一到热气渗透全身，它就适时而动，这里一只，那里一只，咬得你坐卧不宁，浑身奇痒。此时，太阳不但晒舒服了我们，而且晒醒了虱子。虱子开始在我们周身四处爬动。刚开始时，我们这儿抓抓，那儿挠挠，渐渐地我们就有了奇痒难耐的感觉。我们都解开棉袄扣子，敞着怀在太阳底下捉虱子。有几个干脆连棉裤也褪下来，屁股、膀子都光着，两个大拇指上挤出的虱子皮能盖住整个指甲盖。

除了庙嘴，另一个我们常去的地方就是水库。水库在庙嘴背后，坝面是一条土路，坝底也是一条土路，下了坝底的那条路，不足百米就是一条深沟。沟里有许多汩汩冒水的泉眼，后面都拖着一条清亮亮的小溪。那溪水大约流得有些年头了，两边的水草长得能没过脚面。自从发现了这个地方，我们就把午餐的地点挪到了这里。下课以后，我们背上干粮，三三两两，不约而同来到这里。下了大沟，呼啦一下散开，像啸聚山林的响马一样，各占一条溪道，然后就开始了我们独特而别有风味的午餐。我们把馍褡解开，取出厚厚的锅盔（那时我们的生活已变得好起来，中午大都拿的是白面锅盔），瞄准泉眼底下的上溪口扔过去，锅盔准确地落在水里，之后沿小溪缓缓往下漂。在这个过程中，我们则蹲在水边，一边洗脸洗手，一边坐等从水面上漂下来的锅盔。往往是，我们刚洗好手、洗好脸，锅盔也就忽忽悠悠漂到眼前了。此时锅盔已吸饱了泉水，胀鼓鼓的，看上去要比平时厚许多，咬一口松松软软，几乎不费劲就可以将它们吞咽下去。

吃饱了，玩累了，我们三三两两又结伴回到校园，这时那些吃过午饭的同学也陆陆续续到了。

下午的课程除了物理、化学，就是历史、地理、政治之类的副课（我们那时把政治也看作副课），几无可叙。

唯一觉得有意思的还是自习。自习课顾名思义就是自己学习，比较自由，不受约束。一般来说，大多数同学会在自习课上做作业，或温习当天的课、预习第二天的课，各干各的，互不相扰。但有一小部分同学总是因为一些不经意的行为而引起同学们的关注——那就是我们班的几个女生。我们班的女生一共不到十个，大都和我们年龄一样，也就十三四岁的样子，相貌平平；但其中一个年龄稍大一点，看样子有十六七岁了，瓜子脸，大眼睛，脸显然要比其他同学白一些。她平时十分文静，低眉顺眼，安静地坐着，但一到自习课就格外活跃，似乎吃了一种能让人兴奋的东西。她这时往往会拉上班里的其他几个女生，拿上课本和作业，叽叽咕咕往外走。班长问："干啥？"她答："问题。"问题就是去老师那儿问一些课堂上解不开的难题。十多分钟后，她们就从老师宿舍所在的那个土台子上下来，互相说着，笑着，小脸红扑扑的，一副格外满足的样子。后来我们发现，她经常问题的老师就是那个刚出校门不久的师范生，教物理，身材瘦小、单薄，头经常昂着，走路一撇一撇的，年龄看上去比她大不了几岁。她总有问不完的问题，几乎隔天就去——后来就有同学传言，说那个女生和那个老师好上了，正在谈恋爱，有人还看见那个女生给老师在铁炉子上做饭呢。传言后来得到了证实，那个女生果真嫁给了那位老师。

记得我们那时最喜欢也最盼望的就是课外活动，这是一整天所有课程结束后，唯一留给学生的自由活动时间。这时候，教室里除了几个打扫卫生的，几乎所有的同学都到了操场上。操场上一派热闹景象，小学生们在滚铁环、跳绳、踢毽子，初中的学生则跳高、跳远、拔河。除此之外，老师之间的篮球对抗赛也是我们非常喜欢的，每到这时，我们就都停止了打打闹闹，全部挤到操场边上，呈长条状将操场团团围住。比赛的双方一般是公办老师对民办老师，民办老师凑不齐，就叫上村里几个正当年的"青皮"，一看就是打篮球的好手，蹦蹦跳跳，似乎有使不完的劲儿。上场前有个预热阶段，双方球员都脱了外衣，穿上球鞋，在各自所在的一边投篮或跨三步。看穿戴，大家当然是喜欢公办老师了，他们一般都穿毛衣加运动裤，投球上篮有模有样，民办老师则不然，他们往往穿得比较寒碜，大多连外衣也不敢脱，就只换一双球鞋，即使偶有穿毛衣的，也是褪色褪得很厉害，看上去有些邋遢。大家的目光几乎都集中到公办老师那儿了。但比赛开始不久，情形却发生了戏剧性的逆转，没打几个回合，公办老师开始撑腰、喘气，动作明显变形，民办老师则愈战愈勇，他们一改平时的萎靡不振，嗷嗷叫着，开始冲撞、抢断。到比赛的后半程，他们几乎完全控制了球场上的主动权，进球一个接着一个，动作也开始标准、有样，势头完全盖住了公办老师。这时大家才发现，原来民办老师也有拿人或神采奕奕的一面。

放学以后，同学们各回各家，我们依旧按原路返回。

我们又开始重新温习早晨走过的那条路了。

但我们的故事并没有就此结束。

或者说，从放学回家的那一刻起，关于我们在东坡学校上学的故事才仅仅开了个头。

故事进行到这里，我觉得有必要介绍一下我们几个人的关系。五个人中，我和海子、腾子其实是亲亲的家门弟兄，海子是我三伯父的儿子，腾子是我六叔的儿子，我们三个同年，海子最大，我次之，腾子最小。由于一起长大，我们在穿开裆裤的时候就结下了深厚友谊，可以这么说吧，除了吃饭和睡觉，大多时间我们都在一起。我们玩各种各样的游戏，闯各种各样的祸，偶尔也有内战，但大多时间还是一致对外的。记得有一次，因为打篮球，村里一个比我们大得多的孩子要欺负我们，那个孩子把篮球举过头顶对我们说："你们不是要打篮球吗，这样吧，谁要是跳起来能摸到篮球，我就让谁打，要是摸不到，趁早给我滚蛋。"那个男孩个子很高，我们跳了半天也摸不到。男孩说："滚蛋。"说完拿篮球在我们头上逐个点了一遍。我们非常愤怒。我们说："这样吧，我们再摸一次，要是真摸不到，我们马上滚蛋。"我们为此还提出了条件：我们不再一个一个摸，而是三个人同时跳起来摸。男孩想了想，说："这不一样嘛。"他站到中间，将篮球举炸药包一样举过头顶。我们三个迅速对视一眼，然后从三个方向呼啦一下包抄过去，将他团团围在中间。首先是站在前面的腾子发起了攻击，他冷不防朝男孩的裆部捅了一拳，男孩遭到电击那样迅速弯下腰去，这时我和海子就很轻松地从他手里夺过了篮球。男孩岂肯罢休，他用拳头朝我们挥了几挥，见占不到什么便宜，便恶狠狠地说："你们等着。"说完便爬上旁边一棵很高的柳树。他是想上树折一根柳条对付我们。我们商量了一下，便没有跑，而是一直站在树下，看着他脱鞋、上树，然后在树柯杈上折了一根柳条，三把两把捋掉柳条上的枝枝叶叶。他从柳树上一挪一挪地下来，脚刚落地，便被我扑上去拦腰抱住，海子和腾子迅速控制了他的双手，并顺势夺下他刚刚折的柳条。海子和腾子抢到柳条后，迅速后退两步，照着这个男孩的双腿啪啪就是一阵猛抽。男孩跳着双脚，杀猪一般号叫起来，边叫边呼喊着他不知道在哪块田里干活儿的爹："大啊——大啊——"叫声甚是凄厉。讲过这个故事，你就知道我们的关系有多铁了。

西子的家在村子的最南边，跟我们平辈，也是一个姓，但由于是两门人，我们的关系便显得一般。小的时候，西子长得很可爱，圆脸，招风耳，一双大眼睛扑闪扑闪，一副人见人爱的心疼样子。他比我们大一岁，但由于个子矮小，他在我们面前并不占便宜。

顺义子的身份则比较特殊一些，他家是地主，因为这个原因，他小时候几乎不出门，一个人窝在家里，偶尔系上女人的头巾，用假嗓子在门前的土台子上扭来扭去唱戏。我们给他起一外号"假婆娘"。上学以后，他总是影子一样跟在我们后面，几乎不问不说话。

搞清楚了以上的人物关系，后面发生的事情就好理解多了。

我们的故事其实是从一次偷油开始的——

出了校门，向南约五百米有个代销点，很普通的一间土房子，卖火柴、香烟、肥皂、水果糖及针头线脑之类的日常用品。它的特别之处在于，除了这些商品，它还代卖那时候很金贵的一种东西——煤油。这是一种国家统购统销的商品，主要供村里人家照明和做饭用。煤油装在一个特别大的铁皮桶里，出油口在桶盖上面，有小碗那么大，外面挂一大一小两个像勺子一样的长把舀子。卖煤油不用秤称，而用舀子舀，小的一下一两，大的一下半斤。买煤油的人家一般都提个空酒瓶，或半斤，或一斤，生活困难的人家也有买三四两的。买的时候，售货员从砖砌的柜台后面出来，皱着眉走到门背后的油桶跟前，把油溜子放在酒瓶的瓶口，然后用舀子往出舀油，买的人要多少，他便舀多少。他个子不高，所以舀油的时候显得有些吃力，尽管很小心，但防不胜防地总要洒出来那么一点点。洒出来的油都到哪儿去了呢？在那个铁皮油桶的桶盖子上，桶盖边上有一个高出一截的圈，洒出来的油便汪在那里，日积月累，已积了铜钱那样薄薄的一层。

最早发现这个情况的是腾子。腾子在我们中间算是最调皮的了。他把我们迅速召集起来，在课外活动时就嘀嘀咕咕说了这个情况。他建议我们偷油。怎么个偷法？就是找些破布和棉花，趁售货员不注意，把破布和棉花浸到桶盖子上的煤油里吸，吸饱后，再用手偷偷捏出来。偷油时，我们五个全都拥到代销店里，然后沿柜面像燕子趴窝一样趴在柜台上，呈一个半圆形将售货员团团围住，代销店里光线本来就暗，这样一来就更暗了。售货员皱着眉头喊："要买就买，不买滚蛋。"但我们什么也不买，只是围着柜台叽叽喳喳叫。叫了一会儿，腾子便在我们背后捣一捣，我们就出来了。这时听见售货员在后面嘟嘟囔囔地骂我们。

浸了油的棉花、布条做什么用？扎火把。用铁丝把它们缚在一根长长的木棍上，便是一根上好的火把。有了这根火把，我们就再也不用怕河崖上的豁口和赵庄的狗了。每天早晨，一出村头我们就点上火把，五个人（不，其实是我和海子、腾子三个人）轮换举着，过了小桥、玉米地、河崖，再过李庄和赵庄，东边的天就微微亮了。这时我们弄灭火把，把它在附近的玉米秸秆中藏严实了，再高高兴兴走向学校。

我们还偷过果园里的苹果。这个主意是海子出的。在我们五个人中，海子算是最机灵、脑子也最好用的一个。一天他偷偷告诉我们（其实就是告诉我和腾子两个人），苹果园里的苹果熟了，最大的有大人的拳头那么大。他所说的苹果园在我们村头的一道断崖上面，崖下面是河滩、小树林，崖上面除了苹果园，还有戏楼、牛圈、打麦场。其中打麦场的一角向外突着，站在那里恰好能看到果园东边的外墙。看果园的是我们村里的一个老汉,六十大几年纪,戴一顶草帽,噙一杆玛瑙嘴子烟锅,鹰一样蹲在崖头上,似乎永远都眯缝着眼,瞅着同一个地方。我们说怎么办?海子想了个办法,他从另一面坡爬上去,走到老汉跟前说,他看见有几个小孩正在大场后面揪豆角,问他管不管。老汉还兼管着看场护粮的任务,当然要管了。老汉问:"几个?"海子说:"四个,都是上庄里的。"老汉最恨上庄里的人了。他气哼哼地站起来,在鞋底上梆梆磕了几下烟锅,然后背着手朝大场后面去了。大场有十多亩地那么大,转一圈至少得小半天。这时海子朝我们挥一挥手。我们迅速搭起人梯,攀上断崖,不到十分钟就每人摘了许多红彤彤的苹果,飞一般逃离果园。我们不敢把苹果带回家,于是找了个谁也找不到的崖台窝子藏起来,过两天吃一个,过两天吃一个,一直吃到当年的霜降前后为止。

霜降之后,地里的庄稼全都收割完了,玉米收了,糖萝卜收了,向日葵收了,地里的洋芋也收了(洋芋和玉米可以在地里垒"锅锅灶"烧着吃),走在路上,我们再也没有可以偷吃的零嘴了。

我们开始每天规规矩矩走路。但走着走着,我们的心思又发生了变化,而且这种变化之大之快,连我们自己都始料未及。

这种变化其实是从我们村里兴起唱戏开始的。那时候,村里刚刚分了自留地,还没有真正实行包产到户,到了冬天,村里不知怎么就兴起了唱戏。学戏的地方就在果园旁边的那个老戏楼上,一到入夜,几乎全村的男女老少都集中到那里,饶有兴致地看几个把式在那里排戏。戏都是老戏,什么《串龙珠》啊、《武家坡》啊、《铡美案》啊,噢,对了,还有那出能让人笑掉大牙的《拾黄金》。似乎村里有能耐的人都跑去学唱戏了。西子也跑去学戏。刚开始,西子并不是那么引人注目,只是在戏里扮演兵丁甲或兵丁乙，但后来他学了一出《三对面》，一下子名声大噪，似乎一夜之间成了村里的一个人物。他在《三对面》里饰演包公，这个角色很厉害，是个主角，以往都是由村里最负盛名的把式来演。但那天西子要求来演。演就演吧，庄子里的社火嘛，只要愿意，谁都有权利登台演一演的。演出之前，村里所有的人都知道了，大家都抱着一看笑话的心态聚在戏楼前，边嗑瓜子边说闲话。但演出之后，情形完全不一样了——西子演得非常成功，而且这种成功超出了人们的想象——他画着花脸，踩着靴子，穿着短了一截的蟒袍，小小的个子一出场就赢得了大家一致的喝彩。他不但扮相秀雅，模样可爱，且一口气就唱完了包公那段人尽皆知的唱段。演唱结束，台下的掌声经久不息。

出名之后，西子开始变得趾高气扬。以往，西子走在我们中间是沉默的、卑谦的，他因为学习成绩不佳而在我们面前经常低着头。但自从那次演出大火之后，他的表现就大大地不同于以往——他头开始昂起来，胸脯挺得老高，而且说话声音变粗、变大，动不动就要给我们清唱一段《三对面》。起初我们都还忍着，也是觉得新奇、好玩，但久而久之，我们的劣根性便表现出来了——那时我们觉得，在我们的队伍中，绝不允许一个比我们还冒尖的人物存在。

后来我们就找茬打了一架。打架的地点在河崖上面的那片庄稼地里。那天，我们的班主任吴老师又公布了本月考试的成绩——他把全班所有人的成绩都一一列出来，排了名次，写在一张大红纸上，光荣榜一样贴在教室后面的墙壁上。毫无悬念，我和海子、腾子的成绩都排在前面，顺义子次之，西子排在最后。走在路上，我们的心情非常好。我们情不自禁地挽起了手，搭住了肩，摇头晃脑唱起了歌。我们胡乱唱着，飙着高音，走过赵庄、李庄，到了河崖那儿，走在后面的西子突然也唱起来，他唱的自然是他的拿手好戏《三对面》。他的声音高而嘹亮，简直就是一部架在崖头上的高音喇叭。他一唱，我们的歌声显然就不值一提了。

我们放慢了脚步，等待着西子从后面赶上来。

我们堵在他面前，几乎异口同声地斥道："闭嘴，不许唱。"

西子露出惊讶的神色，旋即又镇静下来，他昂着头，挺着胸脯，故意待理不理地从我们面前走过，边走边唱着《三对面》里的戏词。

不动手显然是不行了。

我们从后面赶上去，赶到他前面，又回过头将他团团围在中间。我们又想起那个被我们揍过的高个子男孩了。我们揪住他的衣领，语气咄咄地问："叫你不要唱，你为啥还要唱？还唱不唱？"

西子用手抵抗着我们的撕扯，语气并没有怎么变软："你唱你的，我唱我的，这是寥天地，又不是你们家炕头。"

咚、咚、咚，我们照着他的脑袋就是一阵乱拳。

一股血从他鼻子那里流下来了。

他并没有就此还手，而是挣扎着跳出了我们的包围圈，站在一截土埝子上指着我们骂："你们几个，再打我也要唱，不但唱，还要唱得更好、更红，气死你们三个。"说完兔子一样跳下地埝，朝村子的方向狂奔而去。

第二天他就辍学了。

我们还找理由打过一次顺义子。相较于手脚麻利的西子，顺义子简直不堪一击，我们只轻轻地在他脸上用手扫了扫，他的鼻血就下来了。不过他并没有辍学，而是在河湾里大哭了一场后，继续跟在我们屁股后面上学、放学。

不久，我们就转到公社中学上学去了。

补记：在东坡学校转学之后，我和海子顺利读完初中、高中，最后又上了大学；腾子几经补习，最终止步于高中，虽务农，但日子过得滋润、舒心。顺义子最后考上了南方某气象学院，毕业后回到家乡所在地，二十多年如一日，兢兢业业为家乡的气象事业做贡献。值得一说的是，他后来成了我的堂妹夫，说起当年求学路上的经历，只淡然一笑，并不多说什么。西子从东坡学校辍学后，真的对唱戏上了心，在社火班，听说他演绎了很多让我们村里人难忘的角色。虽然最后没能进入一个正规的演出团体，但由于之前所聚的人气，他还是娶到了我们村里最漂亮的一个姑娘，如今儿女双全，日子也过得优哉游哉。提起当年辍学的事情，他说那并不是因为和我们打架，而是他早就不想上学了。"那时候太爱唱戏了，睁眼闭眼都是戏，简直爱到骨头里了。"后来他还感叹过那颗离我们最近的三星："那颗星星太亮了，简直就像安在天上的一颗珠子，后来我再也没有碰到过那么亮的星星了。"还有那根火把，"我们几个点着它，不知道多少次从那个崖头上经过，后来我还在梦里梦见过它呢。"

有风的早晨

    又一个春天到了，我却躲在光线暗淡的屋子里，神情忧悒地怀念一个人。

    当时正是凌晨六时左右，窗外忽然掠过一阵大风，"啪"的一声推开后窗后，又推开了正对着后窗的卫生间的木门，一刹那，天地之间就有了一种近似于婴儿啼哭的呜哇声。

    春天的第一场沙尘暴来临了。

    是风声开启了心之门？还是意念中的不平静带来了风之摇动？总之，在这样一个春寒料峭的早晨，我的心连同我的文字，都沉浸在一种近乎郁闷和压抑的怀想之中。

    认识左侧统，自然是因为文学。似乎是在一个笔会上，许多的人，似熟非熟，大家都聚在一起嚷嚷，嚷文学。这期间有人介绍认识了他。我记得他那时脸色灰黄，瘦脸，长发，一副疲惫而殚精竭虑的样子。不过谈起话来总是笑眯眯，一开口，总给人某种诚恳的暗示，大多时间他则静静地坐在一边倾听或做沉思状。因为有着许多思想上的沟通，我俩的交往开始并渐渐频繁起来。

    印象中似乎总在夏天，总与文学有关。我记得他那时老穿着一件土黄色的衬衣，灰西装，这使得他看上去永远是一副风尘仆仆的样子。

到了固原以后，我先去书店，再会朋友，然后找一僻静之地坐下来深谈。谈得最多的自然是文学。对于文学，他那时已然经过了一番谋划，每每谈及，总显出一副深思熟虑的样子，听了不禁让人肃然。

现在想来，他似乎并没有什么文学之外的爱好。他的生活简朴、规矩，甚至不轻易到饭馆里去吃吃喝喝。在我的印象中，其他的文友相聚总归有一个酒局，大家扎堆斗酒、斗嘴，指点江山，争争吵吵，而他不过一碗面条或一盘炒菜而已。或许是因为习惯了清心寡欲的缘故，他跟这个圈子里深交的人其实并不多。

因为编辑报纸副刊的原因，我和他之间的来往较多一些。记得他那时老在写，不停地写，不管见报不见报，他都会定时寄来一些很有思想的杂文与随笔。他的那些碎玉毛坯一样的文字，总是满含某种骨气而使人不敢轻看。即使是一般不能公开发表或够不上发表水平的东西，也是散金散银，光影四溅。

有一段时间，他对当时写作的朋友格外关注，觉得这帮朋友已形成了一种创作风格。于是，他便频繁地约见一些能谈得来的人，到处陈说自己经过许久思索的那些话语，那就是，要给这帮朋友一个写作现象上的共同概括，或一种流派性的称谓，这就是后来被大家用来用去的"西海固文学"。

话说至此，我不觉想起了谈话的那个晚上。那是1996年抑或是1997年夏季的一个深夜，大约十一点钟，他突然托当时尚在固原文联的王漫西兄打电话来说有事相商。我匆匆出门，匆匆赶去，到了当时文联的一个大办公室里，却见他与王漫西兄正席地而坐，悠然地在一起喝罐罐茶。开始谈话，他便提出了自己的这个观点。他说据他的考察，在一个小地方形成这样一支整齐而又年轻的写作队伍并不多见，而这支队伍无疑应有一个名称加以概括。之后他就提出了"西海固文学"这一概念。我记得当时自己还辩解过几句，大意是，但凡在文学上能形成一个流派的，一是要有代表性的作品，二是要有代表性的作家，如"山药蛋派"和"荷花淀派"等，而我们实在缺乏这样具有全国影响的扛大旗者。我之所以如此说，是因为觉得给一种事物过早地定性或规范会束缚其创造，尤其是文学。而他听了后不以为然。他说，我们自己就是代表，我们的作品就是代表作。之后我们就围绕着这一话题一直絮谈到深夜一两点。

此后不久，王漫西兄即在《六盘山》杂志组织了一期具有广泛参与者的同题散文专辑——"西海固"。"西海固文学"的说法就此被人们逐渐认识并接受。

现在，"西海固文学"的说法业已形成了一种事实，并且这个概念经过许多人的撰文论说和频频见诸报端后，终于被写进了政府的文件而成为一种品牌。如此说来，那个晚上的谈话或许具有某种理性意义上的启迪或兆示。

转眼之间，左侧统君已离开人世数月之久了。这期间，许多朋友都在写文章怀念他，一如当年的陕西作家之于路遥。而今天，当沙沙的风声掠过窗前，当干燥的尘土再一次弥漫这座小城上空的时候，我突然想起了他那些粗犷而柔韧的文字，想起了未刊出的《宇宙解剖学》，我觉得，一个人对一片土地的深深眷顾，会随着季节的更替而逐渐在这片土地上悄悄萌动，直至复活。

浮山的怀念

认识袁伯诚先生，是七八年前的事了。那时我正在报社当编辑。一天，已移居青岛多年的袁先生托人转过来一篇稿子，很长，题目叫《想固原，回固原》，内容是写自己在固原生活过的点滴片断和回到固原之后的一些感受。稿子全部为手写，笔力刚劲、浑厚，字里行间透着儒雅古韵。这当然是我们求之不得的佳作了。很快地，我们就以大篇幅一字未动登了出来。这是先生离开固原十年后第一次有文字在固原露面，因而很是产生了一些反响。

这之后，先生又寄来过一些稿件，有散文、古体诗，还有一些类似杂文的随笔，无论哪种体裁，先生都是有感而发，见情见性，格物致志。当然这些文字也很快就见了报。

后来，我和先生之间就有了更多的书信来往和稿件交流。

再之后，我们就顺理成章见了面并很快成为忘年朋友。

袁先生系山东即墨人，祖上曾为大户。中学毕业后，曾在陈毅等首长帐下当警卫员兼文书，后在北师大上学时因一句无足轻重的话被上升为政治问题而被下放，被打成"右派"。在"流放地"西吉，他曾经当过小学、中学教员，后又因一本自己创作的手写诗集《呕心集》坐过监狱，身陷囹圄达三年又八个月之久。有关他在西吉生活的点滴片断，我们从他零星发表过的一些散文随笔中就可略知一二。"文化大

066

革命"结束平反后，袁先生奉调进入当时校址还在黑城的固原师专（即现在的宁夏师范学院）任教，专事古典文学研究，造诣颇深，桃李遍宁夏。更为重要的是，像他这样一大批"右派"的辗转落户，为后来当地教育及文化迅速发展起到了不可估量的作用。

我见到袁伯诚先生时，先生已是七十高龄的老人了。

冷峻的脸，高而亮的额头，向后梳的花白头发，和蔼中透着威严的目光，加之他那山东人高大的体格及傲然的神态，这正是我想象中饱经风霜而才情不堕的学者形象。

熟识之后，我们的交往开始随便起来。先生喜饮酒，每每席间相聚，先生都是高杯满饮，言谈举止颇有魏晋之风。但他饮酒绝非酒徒之饮。他往往一边饮酒，一边纵论世事，古今中外，天南海北，只要是与眼前情景相投的话题没有他不谈的。更多的时候，他常常会出其不意地拿出自己的看家本领——即席赋诗，这种时候，你才会明白人们先前盛传的他的那些"才子佳言"绝非谬传。或许是碍于自己那浓重的山东口音吧，他常常会在吟咏之余，让人拿来纸笔，口诵笔记，顷刻而成，这首诗往往会成为人们下次相聚时的谈资。

袁先生即席赋诗，一般不会拘泥于某种固定格式，或感怀，或咏事，或励人，或明志，见物赋意，随意赋形，一经成句，往往浑然天成，令人拍案叫绝。我就曾于席间得到过先生所赠的两首律诗，后邀先生书为条幅挂于壁间。

其一：

海畔望月寂寞中，
捉刀辛苦与谁同，

著书赖有高人识，

对酒知己一笑逢，

我养浩气留天地，

君吐珠玉作霓虹，

脂砚斋冷泪不尽，

原州携手看落英。

——辛巳夏返固原幸与诸师友相聚杯酒倾心书赠会亮

其二：

原州文气郁郁生，

笔挟风雷势纵横，

东岳浩脉育灵秀，

西吉精英吐霓虹，

小说犹关兴衰事，

大道常蕴豚鱼情，

才华岂为高贵发，

芳香尽在泥土中。

——辛巳秋日有感于固原艺术之繁荣作此诗书赠会亮

我相信，固原的许多文朋诗友都珍藏有这样美意盈盈的诗句，虽其中不乏过誉溢美之词，但作为著名学者对后生晚辈的激励提携和惺惺相惜，却不是谁想做就能做得到的。

先生作诗，并不都是一味地温良谦恭让。记得一次大家聚会，席间一位酒后喜欢骂人的朋友索要赠诗，先生略加沉吟，一挥而就："原州酒徒比高阳，糜子煮酒也堪狂，屁滚尿流出门去，既骂老子又骂娘。"那天我们恰好喝的就是本地杨郎出产的糜子烧酒。大家看罢，顿时哈哈大笑，酒品不太好的朋友脸一下子红到了脖子根上。

先生喜诗，也擅书。每每作书，他都要让人事前将笔墨纸砚备好，观者和索字者围成一圈，他则慢慢饮茶，慢慢斟酒，酒至微醺时，他会用手掠掠长发，然后倒背双手，踱至案前，沉吟之间挥毫疾书，一幅笔力遒劲的书法作品立现眼前。先生的书法狂放畅达，不拘绳墨，自成一体。在固原，在西海固的很多人家，家里挂一幅袁伯诚的中堂草书也算是某种文化与品位的象征。

由于有着近半个世纪刻骨铭心的生活，先生对西海固各个方面的发展格外关注。远走青岛后，他更是萦思百结，念念不忘，写下了大量展望和回忆性质的文章。而对于西海固文学和文化，他始终都怀着一颗赤诚之心给予关注，或写评论，或写诗作书，不一而足。虽其中不乏过誉夸饰，但谁能说这就不是一位古稀老人对一片热土的怀恋与眷顾呢？

2006年秋天，袁伯诚先生因去西吉为岳母扫墓又一次来到固原。这时恰逢甘、宁两省（区）文化界因为中医名家皇甫谧的故里在甘肃灵台，还是在宁夏彭阳，各有说法，各执一词。宁夏有关部门一边组织本地相关部门广泛搜罗物证，一边以下发文件的形式要求本区媒体做专题考证。作为事发当地的报纸，《固原日报》自然首当其冲，我们当时的情况是，虽组织了大量新闻报道、专家访谈，但苦于没有高屋建瓴的理论支持，还是影响甚微。恰在此时，袁伯诚先生来到了固原。他的到来不仅给了我们强有力的学术援助，而且在一定程度上增强了我们的自信心和工作方面的成就感。

事实就是事实，事实胜于雄辩，袁老师说。之后就答应我们三天之内可以交稿。

第三天早上，当我们正在怀疑他是否吹牛的时候，袁老师打来电话说，稿子已经写成了，让我们赶快派人来取。我赶忙打车来到他在亲戚家的临时住处。一间小屋，一张书桌，一沓打印好的文稿，一杯泡得叶子业已绽开的绿茶，这就是那天我取稿子时这位老人工作现场留给我的全部印象。我赶忙逐字逐句读完了这篇短短两天就完成的长文。文章题为《皇甫谧是宁夏彭阳人考证——兼与杜斗诚先生商榷》，逻辑严密，考证充分，有理有据，文采斐然。这篇区区万言的考证文章给我的惊讶程度，并不亚于我后来读到他洋洋五十万字的《中国学习思想史》。

我们很快以特稿的形式编发了这篇文章。文章见报后，读者反响强烈，这正是我们预期的效果。虽然它后来因为某种原因再没有引起更大范围的关注，但一位年逾古稀的学者留给我们的赞叹和感动是经久不息的。

此后，我们再也没有见面。

不久，就传来他患病住院的消息。

仅仅时隔半年，先生竟在一个万物复苏的春天溘然而逝了。噩耗从青岛那边传来时，我正在一家小酒馆里与朋友喝酒，听到消息的一刹那，我的心竟不由自主沉了一下，下意识里，我对先生的突然离世有了一种深深的叹憾与惋惜。

似乎刚刚还和大家饮酒谈诗、坐而论道的一个人，怎么说没就没了呢？

那么我们相约在固原城聚会时的那一桌酒席怎么办？

我们还没有来得及吟诵完的那一堆诗文怎么办？

还有，已答应为他人母亲八十大寿时要写的一幅中堂也没写，这些又该怎么办?

一时间,大家的叹息与哀思齐齐聚来,就仿佛他的突然辞世成为一个故意爽约的漂亮说辞。

先生去世后,其在固原的众多弟子和亲朋好友不禁悲从中来,他们像事先约好了似的开始进行一些悼念活动:或撰文,或作诗,或挥毫泼墨,总之,大家是在诚心祭奠一个曾在自己的学习、工作乃至人生中得到过其帮助和鞭策的人。不久,他们又捐资在傍城的东岳山修建一座衣冠冢,立碑修文,寄托哀思,一时传为美谈。

这期间,我也曾蠢蠢欲动,想写一点文字以表达自己的忘年之想,但由于琐事缠身及惰怠的原因,当初的一点念想,竟不知不觉在岁月的消磨中渐渐淡去了。

2019年4月,第十九届全国图书交易博览会在济南召开,受单位派遣,我有幸随团前往山东参会。4月20日夜,首先到达滨海城市青岛。一下飞机,冰冷的海风和阴霾中的微雨立即使我们领教了这座美丽城市的虎威。也就在此时,我们一下子想到了曾在青岛生活和居住过的袁老师。大家设想,如果这时袁老师在世,我们一定已经坐在热气腾腾的海鲜宴前了。

安顿好了住宿和相关事宜后,同行的固原文联主席尹文博先生说,既然我们已经到了青岛,就应该到袁老师墓地祭拜祭拜。尹先生是袁老师的高足,二人交情甚厚。说话间,他已联系上了袁老师的遗孀晁阿姨及其女儿。黄昏时分,同团的四个固原人——尹主席、《黄河文学》副主编闻玉霞、固原文联小汪和我——买了鲜花等祭品,赶往市区内的公园式墓地福宁园。这时天完全黑了下来,雾气淡淡,冷风凄凄,在万家灯火围裹着的陵园小山包上,我们终于见到了静卧于花树丛中的袁老师的墓地。献花、祭拜、祷告,之后我们脚步轻轻地离开陵园,就在我们将要走出公墓大门时，猛抬头却发现一座形如大屏一样的高山立于园后，状如水墨画轴。

背依高山，前临大海，这是一块谁看了都会惊叹不已的风水宝地。

我赶忙走过去问陵园管理员这山的名字。

管理员答：浮山。

浮山。

我默念这个禅机重重的名字，心里陡然涌上来一种恍恍惚惚的感觉。后我从相关资料中了解到，浮山原是山东境内与泰山齐名的五大名山之一，因突兀峭立于海边而得名。它延伸到青岛市内的这一支余脉，怀海依峰，气象万千。看来，这位一生像诗人一样生活的大学者，在坎坷走完了七十余年的人生之旅后终于在大海之滨找到了一块属于自己的安心福地。

此后，在袁老师的青岛故居，我们还参观了先生的书房触蛮斋——一间面积窄小却孕育了丰富思想的阁楼小屋。

浮山，浮山……

回家的路上，我暗诵着这个陌生而新奇的名字，心里不觉感到无限宽慰。

快乐的花儿诗人

1

　　高琨老师创作的诗叫"花儿"，是一种像元曲一样形式自由又有着一定韵律的自由体诗歌。在诗坛上，一生专门写作花儿的诗人并不多，因而高老师显得卓尔不群，很有些一枝独秀的味道。

　　花儿是西北民间特有的一种歌谣，许多人都会唱。在西北，在西海固的山山峁峁，不经意间你就会听到这种高亢而苍凉的歌谣，远远的一声叫板，仿佛一下子就能把你的魂勾出来。因为其韵律优美和别致，承载着西北人特有的思想情怀，故许多有识之士整理它，挖掘它，研究它，还有人试着用它的调子旧韵填新词，即借其形式创作新诗，比如高老师。高老师所写的花儿，就是在这种民间歌谣的基础上重新创作的。花儿在西北有着广泛影响，其形式多样，分支颇多，有些依曲调命名，有些则以地域来界定，除去旋律，变成文字后呈现给人们的有如元曲或宋时的长短句，歌时跌宕起伏，咏时韵味十足。高老师的花儿其实就是借这种非常别致又很有味道的歌词创造的新体诗歌。用民歌的形式创作诗歌的人古已有之，现代也不乏其人，比如贺敬之。贺敬之之所以受到人们的爱戴，无疑与他借用信天游来写新诗有很大关系。

在西北，唱花儿不叫唱，叫"漫"，可见这种民歌并不是渲染吉庆气氛的，或于楼堂馆所浅吟低唱的，它最原始的舞台应该在自然天地之间，须高声放歌方能酣畅淋漓。花儿里唱道：花儿不是我欢乐者唱，忧愁者解个心慌。足见其并不是一种肤浅的或无关痛痒的歌唱。在很多场合，我曾听高手们深情地漫花儿，那种意境辽远的、忧伤的歌唱，足以让听者五内俱痛而眼含热泪。我觉得，西北的花儿，从本质上并不输于曾风行一时而实际诞于陕北的民歌信天游。

贺敬之借信天游写出了轰动诗坛的长诗《回延安》，高老师为什么就不能写出一首让人们刮目相看的花儿长诗《回固原》呢？

高老师颇有些不服气。

高老师说，走着看，总有一天，我会让你们认识到我的重要性。

高老师的花儿，从一开始就以讴歌新时代、新生活为基调，无论是20世纪六七十年代出现的大好局面，还是改革开放之后涌现的新生事物，他无不纳入自己的创作视野而摹写之。特别是进入20世纪八九十年代，他的花儿诗写作进入了一个前所未有的旺盛期，几乎隔几天就能在当地的一些报刊读到它。他的那些别具一格的花儿，感染了无数读者，也使人们对这种推陈出新的独特诗体产生了浓厚兴趣。由于他的带动，固原曾一度出现过一个写作花儿的小群体，当地文学期刊也推波助澜，开栏目，增版面，有声有色，但可惜的是其他人笔力不逮，不久之后就留下他一个人独自维持局面了。他很像塞万提斯笔下的顽强斗士堂吉诃德，即使知道难免一败也敢单枪匹马大战风车。他后来写作的诗歌，韵律更加优美，反映的现实生活也更加丰富宽泛，城里、乡里；男人、女人；工人、干部；家事、国事……只要是他能看到想到的，皆可入诗入文。其中有一个以农村妇女王二嫂为主人公的花儿系列，是他那时写作的一个"支点"。他通过王二嫂的观察与实践，写出了那时发生在农村以及城乡之间诸多的新变化，进而塑造了一个泼辣、能干、热情、执着，并对新生活抱有强烈渴望的农村妇女新形象，反响颇大。那时高老师觉得，天下最美的事，好不过写花儿。

但高老师的花儿还是未能引起足够的重视。

那时高老师的境遇是：诗坛并没有打算接纳他，诗人们说，他写的这个不属于诗歌，属于歌词或说唱，应该朝曲艺或民间文学那边靠；而曲艺或民间文学那边又说，他这属于纯粹的文学创作，他写的所谓花儿，既不能排练，也不能演唱，根本和我们这边不搭界。更令人尴尬的是，每年区内区外召开花儿会，无论演唱或研讨，从来都没有将他列为嘉宾而邀请过，往往是活动结束若干天后，他才从一些媒体的报道中探得一二详情。

高老师觉得自己既委屈又无奈。

一天，高老师给一家文学期刊送稿子，编辑看了稿子说，我们这是纯文学刊物，不发通俗作品。高老师哑口无言。高老师非常苦闷，想，自己努力一生写作的花儿诗，当年连大名鼎鼎的《诗刊》都上过，怎么现在就成了"俗文学"了呢？

但高老师并未因此灰心，想，俗就俗吧，反正自己喜欢就行。他一边写，一边向人们解释，终于，一些报纸的副刊和文学期刊还是为它敞开了大门，虽然范围依旧仅限于宁夏。当然，那位说他的作品属于"通俗文学"的编辑，后来也成了他的好朋友之一。

2000年，高老师出版了自己的第一部花儿诗集《红牡丹》，著名作家张贤亮为之写序，题为《花儿本是心上的话》；数年后，他又出版了自己的第二部花儿诗集《绿牡丹》；在即将出版第三部诗集《黑牡丹》

时，评介高老师的文章已一篇接一篇，宁夏大小报刊都能见到。这时，他创作的劲头更足，效率也比平时高出许多，隔两天就能写一首花儿，或一篇有花儿味道的散文。

2

我第一次见高老师时，是去固原文联找一位朋友。那时固原文联的办公地点还在老供销社大院内，一扇旧门，几排老房子，房前有花坛。走进院门，隔着老远就能看到那里躬身办公的人。高老师正坐在那里看报纸，一副很严肃的样子。我说，这人是个写花儿的，叫高琨。朋友很惊讶，说，你怎么知道。我说，我曾经在一期《六盘山》的封二上看过他的照片，跟本人一模一样。朋友笑道，我刚来文联他是那个样子，到现在还是那个样儿，可见他心态有多好。

后来，我就认识了高老师。我开始参加文联主办的各种活动，每次都能见到高老师。作为文联秘书长，高老师那时显得格外引人瞩目。他总是站在一个大家都能看得到的地方指挥调派，每次大大小小的活动，他都能让大家在宽松和谐的气氛中进行。

据我所知，高老师曾当过兵，转业后在固原文工团吹小号，因为写花儿，被调入原固原地区文联工作，直至退休。他有一个和睦的大家庭，有很多在城里工作的弟兄姊妹，有一个患难与共而彼此深爱的妻子，有四个孝顺而善解人意的子女。在他的三子一女中，次子凯宏是宁夏画坛的知名画家，他的许多版画和油画作品深得同行及读者喜爱，也成为区内诸多媒体的新宠。而其他子女或经商，或为国企白领，或在电视媒体从业，年头节下相聚时，已是儿孙绕膝的一个大家庭了。在许多人看来，拥有这一切就已经心满意足。但高老师还深爱着他的花儿。高老师觉得，一个人一生如果毫无追求或见树，即使物质生活再丰盈也是白搭。

之所以认识高老师，是因为我们那时在报纸副刊开了个栏目，叫"花儿会"。这基本上是给高老师开的一个专栏，一周一次，如果没稿就停下来。而每有文字见报，高老师总会给大家打电话：见到你们的稿费了，我们得想办法消费它。那时，与高老师聚会成了我们工作中一个必不可少的环节，而在聚会中，听高老师讲笑话也几乎成了我们疲累之余的另一种娱乐或放松。高老师有许多笑话，其中之一是讲他和固原秦腔丑角演员马西仓的。他说那时他还在剧团工作，有一天经过单位门房，马西仓喊他：过来过来，我给你讲个笑话。马西仓讲：原先有个女人生娃娃，生不出来，大夫鼓励她，用劲，你一用劲就生出来了。女人一用劲，没想挣出一个屁来。大夫对女人说：你这个娃生出来，长大肯定是个吹号的。高老师走出去半晌才醒过来，原来这家伙是在编派他呢——因为他那时就是个剧团吹小号的。后来他就把这个细节写进了怀念马西仓的散文《角儿》里，让人读了感觉既亲切又生动，真是一种温暖的民间智慧。

在我的印象中，高老师在生活中受到挫折是在他退休以后。退休不久，他的老伴就因病去世了，这给了他无比沉重的打击。一段时间，他基本上处于无序状态，整个身心都沉浸在老伴去世的悲痛中而不能自拔。为了消解他的悒郁，朋友们想了许多办法，其中之一是鼓动他重新找个老伴，说这样就可淡忘许多事，也可开始新生活。关于高老师找老伴的故事，简直可以写一部喜剧，而这部喜剧的构架大多来自高老师的个人描述。有一段时间，我们其实就是在他那些色彩斑斓的"相亲"故事中愉快度过的。从他那种调侃式的描述中，我们有幸"认识"了许多形形色色、世俗而又有趣的"黄昏恋"者，同时也隐隐约约感觉到，其实他根本就忘不了他的妻子——那位温柔贤淑、整整陪伴了他将近半个世纪的北京知青。他有许多花儿和散文是怀念妻子的，他还把妻子年轻时的照片装在很精致的像框里摆上桌案，这使凡去过他家里的人都深受感动。

现在，他仍旧住在银川市富宁街那间老式的家属楼里，除了写作，大部分时间或交游，或与朋友诗酒唱和，其乐融融。他的朋友遍布各个行业，但算来算去总与写作沾边儿。他有一个大家几乎都心知肚明的嗜好，那就是喜欢结交年轻的朋友。他觉得，和年轻人在一起，自己会在不知不觉中忘记镌刻在内心深处的岁月，甚至变得年轻。他不喜欢说老，也不喜欢谈死。他喜欢他的客人一边在家里喝着小酒，一边像真正的魏晋高士一样个性十足地谈诗说文，纵论世事。他做得一手好菜，每有邀约，他必亲自操刀下厨，或暖锅，或清炖羊肉，或家常便饭，或老家的小吃，叮叮当当，一片闹声。待大家酒足饭饱都安静下来，他一定会拿出自己新近写作的花儿或散文高声朗诵，同时也不忘鼓动听者赞美叫好——漂亮吧？精彩吧？有时见大家热情不够，他就会一边念一边自我感叹：写绝了，真是漂亮——当然这时大家一定会鼓掌而大笑。他喜欢穿花格子衬衫、牛仔裤，还喜欢把花白的长发打理得纹丝不乱。在他那间80平方米左右的楼房里，我们总是能够听到爽朗的笑声，看到朝气蓬勃的面孔，感受到一种温馨而令人回味不已的浪漫气息。

有时我想，或许只有经过花儿与诗淘洗的人，才会有如此豁达而乐观的心境吧。

2012年2月于银川

陪客人回家乡

秋天，准确地说是2012年9月3日，我参加了由《小说选刊》杂志社和西吉县共同举办的"中国文学名家看西吉"活动。当然，活动主体中的"中国文学名家"，主要是从北京等地赶来的肖复兴、王干、刘庆邦、徐小斌、吴克敬、李硕儒、付秀莹等，我们这些宁夏本土作家，充其量也只是"陪客"而已。

虽然是"陪客"，但我们的热情一点也不低，一大清早，冒着已有些砭人肌骨的凉意去河东机场接机，然后与北京的客人在银川会合后，一路乘车向西吉进发。

很显然，北京的客人是第一次到西吉，甚至大多数人是第一次到宁夏，因而一上车就提起了许多关于西吉、关于宁夏的话题。在他们的印象中，西吉或西海固闭塞、贫穷、严酷，甚或有一丝令人肃然的淡淡神秘。

现在的西吉，虽然还是穷、远、偏，但它毕竟已有了自己的产业、自己的文化，以及自己不同于别处的山水印痕。

按西吉对外宣传中的提法，西吉有四大特色可与"中国"二字攀上关系：中国马铃薯之乡、中国西芹之乡、中国首个文学之乡，还有一个是红色旅游之乡。

一个山大沟深的穷地方，一个曾被联合国教科文组织判定为"不适合人类居住的地方"，动不动就与"中国"二字挂钩，并不是什么地方都可以做到的，况且，这里的"中国××之乡"，都是经过考察而由政府机关或权威机构命了名、挂了牌的，于是，这些让人一愣的命名便有了一种令人肃然的庄重和敬服之感。

车在山间公路上盘旋，北京来的客人们两眼不眨地紧盯着窗外。由于雨水充沛，今年的西海固竟难得地布满了绿色，山头、河道、晚收的庄稼地，这些在以往年份显得色彩单调的地方，此时却青葱妩媚，完全是一幅青山绿水的样子。

这哪里是西海固，简直就是南方的某一个山区嘛。

大家一边这样感叹，一边驱车缓缓进入西吉县城。

西吉县城有景观大道、绕城公路以及颇有气势的迎宾大楼，所有这一切，又给远方的客人们一个完全出乎意料的初步印象，大家不禁怀疑：西吉，难道真像人们传说中那样贫穷和不堪吗？

晚上，当地领导在迎宾楼宴请客人，席间虽然有鱼有肉，有其他菜肴，但人们最感兴趣的还是煮洋芋、玉米、胡萝卜，还有西吉的特色小吃烫面油香、搅团等。人们一边大口大口吞咽着像面包一样裂开了口子的煮洋芋、咸韭菜，一边感叹着这块曾以贫穷而扬名天下的黄土旱塬。

睡觉前，我随手翻阅一本西吉对外宣传的图文册页，册页上的文字令人热血沸腾——当然，最令人热血沸腾的还是关于西吉人俗称"金豆豆"的洋芋。据介绍，这种普通得像羊粪蛋一样漫山遍野的粗口粮，如今已一个个被套了塑料网兜、装入精美的盒子，而成为金贵得有如南方水果一样的送客佳品了。

于是想起了朋友之间的一句调侃：西吉有三宝，土豆、洋芋、马铃薯。

洋芋，又叫土豆，学名马铃薯。之前，西吉人其实是不知道洋芋既叫土豆，又叫马铃薯的。叫土豆好理解，那么，为什么叫马铃薯呢？作家刘庆邦在给西吉一中的学生做报告时分析道：大约人们觉得洋芋很像马脖子底下系的铃铛，于是，人们就把洋芋叫作马铃薯了。多么富有诗意、富有想象力的一个命名啊。但是，洋芋是实的，铃铛是空的；铃铛能响，洋芋却不响。

　　关于马铃薯的命名，我至今没有考证，也没有查过专业的工具书，但我敢断言，如果按照相像程度命名的话，其喻体应该是花，或花谢后结在藤蔓上形如葡萄一样圆润的"洋芋铃铃"，而绝不是形状不太规整的洋芋本身。西吉的洋芋主要分两种，紫皮的和白皮的。六七月间，洋芋的藤蔓上便要开花，花的样子有些像喇叭，或一个个缩小了的、非常精致可人的马铃。洋芋花开时节正是炎炎夏日，一坡一洼的花朵，就像铺开在山坡上的一面面挂毯，如果有风吹来，那些精灵一样的花儿满山摇曳，似乎真要发出阵阵清脆悦耳的丁零声。

　　但我心里明白，不管多么富有诗意、富有想象力的命名，永远都属于文人，或有闲情逸致者，作为生活在大山深处的西吉人，他们记住的，则永远是劳作时的挥汗如雨，以及那些秋收后像长龙一样铺在公路上苦苦等待收购洋芋的车队。

　　此次活动共分两天，第一天，参观；第二天，交流。参观的地方包括西吉县马铃薯产业园区、移民新村、红色遗址、慈善园区、西芹种植基地等，这些地方大都分布在葫芦河沿岸或县城附近。作为土生土长的西吉人，这些地方我都熟悉。我甚至闭上眼睛都能感受到它们周围熟稔的气息以及氛围。在坐上车子随队参观时，我曾经两次从老家的村头经过，看到了许多在田间地头忙碌的亲戚、邻居，被朋友戏称"三过家门而不入"。在这些洋溢着勃勃生机和现代气息的地方，我还碰到了数年前的一些熟人，他们此时或为官员，或为基地负责人，或为工作人员，无论何种身份，他们都在自己的岗位上兢兢业业，尽职尽责，为家乡的发展和早日脱贫尽着一份绵薄之力。

进行完上述活动后，车队开始向大山深处进发。此时大家的目的地是震湖——位于西吉县震湖乡党家岔村、海原大地震时遗留下来的堰塞湖，现在已是西吉的一个旅游景点了。去震湖需行车三个小时左右方到。为了缓解旅途的疲乏，开车的朋友放了一盘由固原艺术家录制的六盘山花儿，其中有两首分别叫《杨燕麦》和《十绣》。这两首民歌旋律紧凑、明快，像民间小调，又像乡村小戏。两首民歌均由三位固原知名女歌手合作演唱，简洁、明丽，真是难得的天籁之音——一绣薛平贵呀，他是个无钱汉呀，再绣上宝钏一十八年呀，寒窑里受磨难——听着这样家常、地道的民间小调，我们的心里不禁涌上来一种无可言说的温暖乡愁，窗外的景色也开始变得款款温厚起来。

那时正是午后两三点钟光景，太阳平静地照着，山野间一片宁静、祥和。在带子一样绕来绕去的乡村柏油路上，我们看到了空山、秋野和安谧得像油画一样的农家小院。山头上全部绿着，那些还未来得及收割的高粱、苜蓿，此时都静静地泊在洼里，给乡野人家增添了无限生机。

此时我想起了许多年前游走和寻访的那些经历。

不知我曾见过的那些全家只有一床被子、在墙壁上掏一个土台、再在土台上挖一些浅坑当碗的人家，他们现在的日子过得咋样？

他们是否有了手扶拖拉机、摩托？

有了宽敞得能装一院子洋芋、玉米的大瓦房？

活动第二天是交流。交流的内容自然是关于文学或与文学有关的话题。活动分两个步骤进行，上午集体去西吉一中做报告，下午与西吉作家座谈。做报告时，我坐在主席台的最边上，这也使我有机会能全方位地观察到整个会场的情形。报告在学校的礼堂里进行，礼堂很大，座无虚席，着装统一的学生们黑压压地坐在下面，脸上充满了兴奋、期待。做报告的基本都是北京来的作家们，一人一段，轮番上阵。我不敢说做报告的人所讲的内容字字珠玑、句句箴言，但有一点毋庸置疑的是，他们的报告，肯定会给这些山里孩子的心灵带来巨大冲击，而这些冲击溅起的浪花，肯定会给他们的心灵留下一些美好而不可磨灭的印迹。

在下午的座谈会上，我碰到了许久未谋面的朋友。我们互致问候。虽然隔着许多桌子和椅子，但一个手势、一个眼神就已经足够。

临离开西吉时，我看到县文联办公楼上的一行红色大字：文学，是这片土地上盛开的、最美丽的花朵。

2013年1月14日

"富人区"

　　调到银川以后，我所做的第一件事就是买房。买房之前，首先得把在固原的房子托人卖了——这一步进行得颇为顺利，因为一个朋友的帮忙，很快找到了下家，是一位急着让女儿在城里读书的砖场老板，人颇为爽快，出价也还可以，每平方米2000元，这在2007年年底的固原应该是个不错的价钱。订好口头协议，买家催促搬家，说好的时间为2008年7月之前。之所以定这个日子，是因为他的女儿要在固原上学，我的儿子要在银川上学，双方一合计，觉得这个日子于我于他都最好不过。接下来就开始物色要买的房子。房子遍地都是，可要找到真正适合自己的，谈何容易。首要的还是房价问题。2007年，银川的房价像秋水一样开始漫天疯涨。5月初刚调来时，我所租住地附近福星苑新盖的楼房每平方米才不过2400元，过了半年去问时，最糟糕的楼层也要每平方米近3000元。也就是说，一百平方米的房子，只要是好地段、好楼层，每月正好能涨一万元。其次是房子位置的问题，这一点也很重要。最初考虑的是自己上班的问题，于是到老城一带找，找了有七八家，也没有找到满意的，不是房价太高，就是房子太旧，当然所找的房子多半是二手房。最后就把注意力放到老城外围那些新开发的楼盘上了。

　　那时的银川，新开发的楼盘恰如雨后的春笋，一过唐徕渠，满眼

084

都是矗立着塔吊的半截子高楼。而且新开发的楼盘，小区个个漂亮，绿树、假山、水池、回廊、花卉、草坪，走进去，就仿佛走进公园一般。但我心里明白，越是漂亮的小区，房价注定越高。找来找去，找到一家国企的集资房——这当然是托了朋友关系才找到的，而且说好，一旦成交，五年后才能办房产证。找到这儿的原因，最主要当然是房价比较便宜，这里的房价当时每平方米2500元，而黄金地段均价已逾3000元。这个楼盘的地点在现在的艾依水郡旁边，当时连公交都没通，坐着出租车过去，周围瓦砾遍地，杂草丛生，满眼荒凉。

最后选择的地方是开发区西边的森林公园。森林公园当时已有好几个小区，最西边靠近满城南街的叫翠柳岛，南边紧靠黄河路的叫湖城名居，这两个小区开发得比较早，当时已有人入住了。其时我们看的是公园东边的一个小区。本来，刚调来时，曾有朋友建议让我买这儿的房子，说这儿环境好，交通便利，而且市政府和国际会展中心就在附近，日后房价肯定大涨。当时自己颇不以为然，心想，咱们买房又不是倒房，是急着住房，涨不涨价与我何干？更何况当时这儿的景象颇为萧条，除了几栋孤零零的楼房，其余什么也没有，小区里正在施工，旁边甚至连一条进出的便道都没有。如此这般，时间就过去了四个月有余。四个月之后，这里的情形竟已完全大变——从宽阔而整洁的亲水大街过来，远远地就能看到高大而气派的"森林公园"牌楼，牌楼后面是一条长街，街灯千手观音一样从两边伸出来，垂柳依依，直通森林公园正门。我们看的那个小区就掩映在公园旁边的一堵高墙一样的白杨树后。当时小区已全部竣工，就像我前面看过的许多个漂亮小区一样，这里照例有绿树、假山、水池、回廊、花卉、草坪，走进去，就仿佛走进公园一般。我们赶忙走进售楼处，一打听，才知道这里的楼房好楼层早已卖完，现在就剩下边边角角了。最后一咬牙，要了靠边上一栋楼的边五楼，106平方米，价格已比四个月前多出了5万多元，而且开发商分文不让。落地窗，三厅两室，拐角还带一个飘窗。看房时，旁边的售楼小姐一个劲儿地催促："赶快定吧，就这价，再过两天肯定就没了。"犹豫之间，猛抬头忽见前面不远处，一片艳红色的楼房竟如童话中的幻境一般。我问售楼小姐，那是什么地方？答曰，六盘山中学。六盘山中学，那不就是儿子即将就读高中的学校吗？三下五除二，当即就在售楼处签下购房合同，并顺利办上了住房公积金贷款。

接下来就是一连串紧张而忙碌的规定动作：在骄阳似火的六七月间，一边上班，一边往来监督装修，其辛苦并不亚于真正操刀干活儿。

儿子顺利考入六盘山中学。

7月30日我们准时搬家。

稀里糊涂住了半月有余，才发现这儿的生活真是太不方便。首先是没地方买菜——那时森林公园物美大卖场还没有落成，买菜须到马路对面的西昌路，而且这里的菜店也只有一家，别无选择。其次是周围没有饭馆——除了一家西餐厅，附近连一家拉面馆都没有，如果来了朋友或自己想下馆子，必须走半天路，到气象局旁边，而且这里的饭馆也仅此一家。

于是我便非常非常怀念我在固原所住的廉租房。

我曾经有过一个很尴尬的经历——一天，我和一位远道而来的朋友在家聊天，聊到半夜，突然发现香烟没了，遂起身下楼，可小区外面除了明亮的街灯和整洁的花树，连个人影都没有，更别说什么小卖部了。于是步行到前面的亲水大街去打车。一盒烟钱十块，来回的打车费也是十块（当时打车费是五块钱），真是让人哭笑不得。

慢慢地就听到了人们对这个小区的一些暧昧的评价："森林公园，

那可是个富人区啊。"而且这样的评价来自方方面面。比如朋友。听说我在森林公园买了房子，朋友便不无调侃地说："你以后可是没好日子过了。"我说怎么了。朋友说："听说那是个富人区，在那里边住的人，出入都是高档车，不是路虎，就是宝马，你连个自行车都没有，我看你以后怎么上班？"又比如同事。同事的反应倒是有些特别，听说我把房买在森林公园，同事便拐弯抹角地询问我调来之前究竟在哪里工作、所任何职。我依询——作答。同事有些不大相信，意思是：那也不至于在森林公园买房子呀！更有意思的是我出外办事，办完事回家，上了出租车，师傅问去哪儿，我说森林公园，师傅便扭头看我一眼，眼神怪怪的，口气有些滋味莫辨："噢，森林公园，那可是个有钱人住的地方啊。"然后就在车上旁若无人地开始对这个小区做自以为是的分析。他说，据他所知，在这里买房的大概有三种人，一是乌海那儿过来的煤老板，二是陕北过来的"油耗子"，三是有头有脸的人物，这都是些所谓一掷千金的人。

"他妈的，银川的房价全让这些人给抬起来了。"出租车师傅说。接着用手把方向盘拍得啪啪响。

我赶忙声明，自己是工薪阶层，而且单位的效益并不是太好，只拿一点死工资；自己之所以在这儿买房，主要是照顾儿子在附近上学，而且买房的资金一大半来自住房公积金贷款……

出租车师傅微微一笑，觉得并不值得一辩。

住过一两年后，这里的面貌开始悄悄发生了变化。首先是环境。环境确实变得比以前更漂亮了。原先，森林公园只是一个普通的公园，而且进门还需买票，后来为了配合公园北边森林半岛的大面积开发、宣传和出售，公园在免费开放的同时，也加大了内部设施的改造力度。这时候的森林公园，不但树多、湖清，环境优美，还逐步增加了许多人们十分喜爱的娱乐项目，如儿童乐园、恐龙乐园、环岛小火车等，而且逢年过节，它还会适时举办各种各样的活动，如菊花会、花灯会、灯谜会、啤酒节、草根明星演唱会等。每到这时，四面八方的人都奔森林公园而来。公园里人满为患。路上是人，湖面上是人，树林里是人，草坪上是人，就连我所居住的小区周围，马路牙子上和槐树荫下，也都坐满携儿带女、汗流浃背纳凉的人。五颜六色的车辆沿街停靠，其长度可以从公园门口一直排到牌楼以外。

后来，附近的几大商场，如物美、世纪金花等逐一落成，扇形的超大公寓大楼也随即建成，森林公园变成了一个真正集旅游、购物、娱乐于一体的休闲之地。

每天清晨，成群结队的青年男女或乘车，或步行来到森林公园门口，他们都是来这里商场、宾馆打工的"银漂"一族。紧接着，乘坐物美大卖场免费购物车的老头、老太太就会从各个角落如期而至，他们一下车就在商场外面排起长龙，等待着抢购商场为搞促销而摆出的特价米、特价油或特价菜。不到中午，物美前面的停车坪上就会停满大大小小的车辆，其壮观景象并不亚于一个超大型豪华车展。

我偷偷地观察着这一切，恍若身在梦中。

外面的环境一改善，周围的房价跟着水涨船高。买这套房子时，每平方米3400元我还嫌贵，而现在据说已涨到了每平方米7000元以上。当初劝我买房的售楼小姐，现在摇身一变成为小区物业的一名管理人员，有一天她碰到我说："看，买着了吧，当时要是不听我劝，现在后悔得吐血都来不及。"

但我的生活还是老样子，上班，下班，高兴了就和朋友出去喝一场酒。在这个过程中，关于这里是富人区的说法，似乎已板上钉钉，容不得争辩了，而且支撑这一说法的证据越来越多。比如门前停泊的车辆。那些车辆都牛哄哄，许多都挂有连续几个相同数字的车牌，而且车胎很宽，一望就知价格不菲。再比如门卫。一般来说，一个小区的门卫三四人足矣，而我们这里的门卫竟多达七个。

小区周围有两家饭店，一家是西餐厅，一家是中餐馆。

西餐厅就在我们小区旁边，这个餐厅建成后，我一共进去过两次。

一次是在中午，下班后，我实在懒得做饭，便犹豫不决地踅了进去。进去后，服务员很热情地将我领到二楼一个小隔断里，顺手递过来一本菜单。菜单印制得十分精美，我翻了翻，便问服务员有什么面。服务员说："面多的是，不知道你想吃什么？"我说："臊子面，青拌面，小揪面，哪一样都行。"服务员看我一眼，表情有些不悦："这是西餐馆，哪里有什么臊子面。"询问半天，最后点了一份意大利面，超大的盘子，里面卧着一盘黑黑的面条，旁边摆着一把刀子、一把叉子、一个勺子。我忙叫服务员，让她给我拿一双筷子来。这回服务员倒是没怎么犹豫，只是冷冷地说："没有。"这盘面的价格当时让我差一点发起火来：48元。

第二次去是几年以后的事了。一天晚上，和几个朋友被人约出去吃饭，吃完饭，大家有些意犹未尽，有人提议说，在附近找一家烧烤店或酒吧，再喝两杯。大家异口同声说行。于是大家沿街寻找，找了半天，竟没有找到一家。这时朋友中有人突然说："你家不是住在富人区吗，那里有一家西餐厅，我们可是从没去过，怎么样？赏赏光吧。"其他几个人立即跟着起哄，嚷着叫着要去这家西餐厅。我咬咬牙说行。于是一行人打车到了西餐厅。当时餐厅里边人已经不多了。我们要了二楼一个摆了半圈沙发的隔断。基于上次意大利面的教训，我对跟过来的服务员悄悄吩咐，饭我们已经吃过了，到这儿来主要是想喝两杯，然后让点两个便宜点的小菜。问喝什么啤酒时，大家嚷作一团，有说喝青岛的，有说喝黄河的，有说喝乐堡的，最后那个服务员说："我给你们推荐一种酒吧，德国黑啤，这种酒在我们这儿卖得挺好的。"于是大家又闹闹嚷嚷要喝这德国黑啤。酒拿上来了，是圆圆的一个小木桶，形似加粗了的陕北腰鼓，只是鼓腰上写满了歪歪扭扭的德文。酒的颜色呈深黑色，稠稠的，黏黏的，喝下去有种淡淡的焦煳味。一桶很快就喝完了，大家嚷道："这什么味道呀，再要一桶，再尝尝。"于是又要了一桶。两桶酒喝完，大家作鸟兽散，我到前台结账时，单子上的价格又差一点让我发起火来：德国黑啤每桶400元，两桶共800元，两个最便宜的小菜也要80元。

有了上述两次经历，我再也没踏进过这家西餐厅半步。

说过西餐厅，再说中餐馆。中餐馆在我所住小区旁的别墅区附近。站在我家楼房的窗户前，别墅区就像摆在眼前的平面图一样清晰可见：曲折的小径，高大的绿树，青葱的草坪，艳红的宫灯，淡蓝色屋顶的小楼掩映其中，看上去颇有些江南小镇的味道。小区的别墅东一栋，西一栋，看上去杂乱无章，其实内部结构大有讲究——它的主体部分其实是绕着湖水建在湖边上的。湖边上的别墅，每家前面都有一块逐渐伸入湖中的空地，供这些人家休闲之用——有人铺了草坪，有人种了瓜菜，有人建了凉亭，还有那么一户人家，什么也不栽种，任一片好好的空地成了黄蒿和芦苇的世界。这个小区和我们的小区只一湖之隔，但人们的生活方式显然大不相同：我们的小区是忙乱的、世俗的、家常的，对面的小区则是安静的、悠然的、神秘的。

我常常坐在我家窗子前面的阳台上，津津有味地观察着这一切。对面湖岸上的人家，中间种菜的那家有一对老夫妻，天气晴朗时，他们会双双戴上草帽，提上铁铲，在菜地里一蹲就是大半天，似乎他们不是在种菜，而是"种"一种特别怀念的日子；种草坪的那家有许多孩子，大大小小好几个，每到周末，他们就会在草地上撑一柄凉伞，伞下铺一大块花布，孩子们在伞下嬉戏、玩耍，大人们则忙着在旁边烤肉、唱歌、喝啤酒；最南边那家的主人非常好客，他常常会邀一大帮子人，坐在自己刚刚竣工的凉亭下，或喝酒，或钓鱼，或打麻将，怡然自乐……

每到年头节下，对面小区常有惊人之举，他们总要把满院子的爆竹都点燃，响声连天，且要在当空连放数十个炸响的烟花。他们的生活总是别出心裁。有一次，他们竟在别墅前面的小湖上为一对新人举办了一次大型水上婚礼，其豪华程度引得我们这个小区的人咋舌不已。我们跑了出来，像看戏一样站到湖边纷纷观看……

很显然，人们嘴里常说的富人区，其实大部分是针对对面的这个别墅区。

我搬过来的第三年，这个小区前面开始建酒店。看规模，应该是一个不大的饭店。因为吃饭不方便，我那时对这家饭店充满期待，心想这个饭店一建成，对我来说可是太方便啦，不说常到里面去吃臊子面、刀削面的话，就是来了朋友请个客，也不用再来回跑冤枉路，瞎折腾。

没想这个饭店一建就是两年。

两年后，饭店在悄无声息中开业，没有典礼，没有剪彩，但饭店每天都灯火通明，高朋满座。

饭店前面是个大厅，大厅里有花、有树、有小桥、有流水，宾客们进去，先从桥上缓慢走过，上几级台阶，进入一个长长的走廊，然后次第消失在走廊的各个包间。

大厅和走廊都是透明的，透过我家楼房的前阳台，酒店里的一切影影绰绰，似乎在放一部早年间的电影。

每天晚上，总有一队穿旗袍的服务员，发髻高挽从桥上走过，她们托着盘子，款款而行，似乎清朝宫廷里的列队使女。

一个胖子几乎夜夜都请客，他所请的客人每天晚上都不一样。

后来我才了解到，这原来是一家私人会所，没有会员资格或不熟悉的人，很难进到里面去消遣或消费。

2015年9月12日早晨

下四川

对于四川的印象，除了地理课上学过的一些书本知识外，就剩下小时候听过的一首民间小调《下四川》了。《下四川》唱的什么，业已忘记，但那轻快而迂回的旋律还留在脑海中。在我的感觉中，四川是个充满故事和风情的地方，那种想象中的神秘带给人的是一种回味无穷的愉悦。

数年前，我与单位同事借五一长假去了一次四川，虽只有短短数日，却给人留下了挥之不去的深刻印象。此时，当我翻开那些凌乱的笔记时，当初那种如梦如幻的感觉又恍恍惚惚浮现了出来。

夕阳西下，我们乘车从固原出发，至瓦亭、什字一带时已暮色重重。近平凉，灯火通明，见街边餐馆、舞厅鳞次栉比，人潮如流，出郊区又见路边灯下青麦一片。上大寨塬后，始走山路，车便进入了无边的暗夜之中。出甘肃，至陕西山区时始有树木，临近千阳岭时树木更多，憧憧如人影。凌晨四时许车进宝鸡。七点半时，我们终于坐上了由宝鸡开往成都的列车。一觉醒来，已是正午，探视窗外，眼前顿觉一片明媚，晃眼的阳光下青山隐隐，山下涧中，一条清澈的溪流像一尾透明的小鱼一样伴着列车缓缓游走。从北方到南方，一道秦岭竟将世界划分得如此不同。出发时，固原城整天黄尘蔽日，风沙漫漫，秦岭南侧却山明水秀，纤尘不染。列车在隧洞与隧洞之间穿行。在这条被称为"天堑通途"的铁路干线上，我们始感前人所说的"蜀道之难"。列车的一侧，一处处被群山围裹的村落就像仿古的画一样，石屋苍黑，高树环绕，身材瘦小的巴人背负高高的行囊在山间小路慢行。山下的河边，有村姑、牧童，赤足洗衣的女人在清水中将衣服高高抛起，四溅的水滴在阳光下像一些散乱的珠子一样晶莹剔透。车到广元，始见平地，这时我们就很近地看到了想象中南方的茂林修竹，而在远远的山坡上，则有一栋栋白色的小楼隐在绿树中，错落有致。至成都，华灯初上，夜宿火车北站旁的川洋宾馆。

翌日，游都江堰。都江堰距离成都约35公里，是位于都江堰市近旁的古代无堤水利工程。这天正是五一节，游客像下饺子一样到达成都汽车站，到处是热浪。近正午时，好不容易才租到一辆中型面包车，一小时后始至都江堰市。市内花草随处可见，市中心则有高大的大禹执锸治水立像和李冰父子立像，猛抬头竟给人一种切近而质朴的历史感。到景区外面时，已是下午两点多了，大家散开在小吃摊前乱吃了些东西后开始进门。进去之后，便是公园一样亭台楼阁式的二王庙。二王庙是为修建了都江堰水利工程的战国后期秦郡太守李冰及其子而建。李冰据说为巴人，他崇尚大禹治水，在七雄纷争中为休养生息而修堰导水，福泽成都平原，被人誉作有"继禹神功"的伟人而设庙祭奠。庙内古木参天，绿荫覆地，小径蜿蜒，石级绕崖，错落有致的古建筑上下分布，而栽种于明代的古楠、古柏和清代的红杉则像撑天的巨伞点缀其间。从下往上看，寺庙依地形上下重叠、交错，威严神秘，冯玉祥所题的"二王庙"三字匾额非常醒目。从上俯瞰，则殿宇重重，楼阁巍巍，都江堰静卧脚底，岷江一水西来，经古堰疏导，再朝东朝南奔涌而去。至此，川西万顷沃野尽享秦朝郡守恩泽已明白如画，怎能不令人油然而生敬仰之意呢？

走下庙台，则见庙与古堰之间的江水上跨一索桥，竹绳木板，晃晃悠悠。过了此桥，在古堰旁的摊点上购得一书，名《千古奇功都江堰》，才明白此桥为明朝嘉靖年间一位名叫何先德的绅士倡议修建，命名为"安澜桥"，意即"安渡波澜"。又传说此人因发愿修桥而获罪被杀，其妻继承其遗志终成此桥，使岷江两岸得以通行，故又名"夫妻桥"。走在夫妻桥上，碧水涛涛，青山如黛，一种悲伤的情绪不禁涌上心头。因为是第一次接近大江，大家的游兴不觉大增，蹲在江边滑如鹅卵的大石上洗了手脚后又开始游览古堰。古堰如一尾大鱼。我们所在的位置恰好位于渠首枢纽工程中的鱼嘴分水堤。毋庸置疑，鱼嘴分水堤因其形似鱼嘴而得名，其主要作用是将岷江分为内外江，内江以引水灌溉为主，外江用于泄洪排沙。站在高高的鱼嘴分水堤上，江水迎面而来，拍打堤堰，涛声如狮吼，加之如织的游人发出的喧哗鼎沸声，让人一时分不清是古是今、是景是画。展开地图，方知我们所到的只是都江堰景区的一个小小景点，离此不远的名山青城遥隔数里，看来此回已无缘去游了。红日西坠，至晚方回。这是我们切切实实贴近四川的第一天。

手记寺庙楹联一副，以志此游：

六字炳千秋，十四县民命食天，尽是此公赐予；

万流归一汇，八百里青城沃野，都从太守得来。

武侯祠与杜甫草堂是成都市内蜚声中外的两大名胜古迹。

第二天，我们先游杜甫草堂，后游武侯祠。

杜甫草堂坐落于成都市西郊的浣花溪边，前为祠，后为堂，均是为纪念和祭奠诗人杜甫而建的。当然，现在的草堂已不是当年那间饱受秋风之苦的茅屋了，其状貌均为后人根据杜甫旅居成都时的诗作复原而成，地址亦为杜甫研究者考证而定。进入草堂，首先映入眼帘的是一座城市公园的格局与状貌，青竹苍翠，花墙弄影，许多名人大家歌颂诗圣的联句黑柱金字，遍刻堂屋。因为这些文字，草堂便于无形中有了一种肃穆而庄重的气氛，令人顿生高山仰止之感。

二堂中各有一尊塑像。前祠中的半身铜塑姑且不说，后堂里的全身雕塑却栩栩如生，令人多有感叹。塑像底座为一方台，方台之上，大诗人杜甫像一位躬耕陇亩的老农一样端坐其上，面容枯槁，衣袍宽大，撑着膝盖的大手指节历历可数。看到这尊塑像，游览草堂的人无不驻足唏嘘，人们想象诗人在战乱年月是怎样的痛苦煎熬，并思索着人生，便觉得他瘦到如此程度实在是情理之中的事情。这时，有许多大腹便便的游人在塑像下留影，俗人和圣人在体态上的差异竟产生了一种很强烈的幽默效果。

过了祠堂，便是展厅。在这个展厅，我才了解到杜甫所居草堂并不只是成都这一处，还有同谷草堂、梓州草堂、襄西草堂、东屯草堂等，均是杜甫在避乱迁徙中的寓居之所，今已皆为古迹。成都杜甫草堂始建于唐肃宗上元元年，由一个名叫韦庄的诗人寻觅确认，最终演变成如今这样一个规模最大、文物最多，且久负盛名的纪念性祠宇，被誉为中国文学史的一块圣地。杜甫是一位历经坎坷而成就卓著的诗人，他出身宦门，青年壮游，中年漂泊，后做官被贬，遭历战乱，至晚年时弃官避乱而经秦州、同谷到达四川。成都杜甫草堂便是其在离乱颠沛中所建的诸多草堂中的一个。由于亲历苦难，他深知百姓疾苦，在其一生所作的一千余首诗歌中，很大一部分为百姓耳熟能详，这是他作品的精华。就是这样一位苦心经营的诗人，晚境凄凉，穷困潦倒，最后漂泊于楚荆之地，后死在由长沙至岳阳的一条破船上。死后43年，其在外漂泊的遗骨才由他的一个名叫杜嗣业的孙子归葬偃师。斯人已逝，但精神永存，作为一代伟大而著名的诗人，杜甫为后世的诗人树立了不朽的典范。在展厅中，我还看到了一个据说是杜甫生前用过的瓷碗，碗口不大，灰白色，质地粗糙，碗壁内有斑且碗口不是很圆。看到这只碗，你完全可以推测到诗人被生计所迫的窘境，也禁不住会为一代诗圣洒一掬同情之泪。路的两侧，青竹葱茏，茎叶相交，婆娑有声，此情此景怎能不让人抚今追昔，感喟迭生。

"先生亦流寓，风清一草堂"啊！

确切地说，武侯祠不是诸葛亮一个人的庙，它其实是蜀国两代数位君臣的合祠。进入祠门，首先看到的是堂皇高大的昭烈庙。昭烈庙自然是为纪念蜀主刘备而建，庙内除了他本人高大逼真的坐像外，其旁还供有他的孙子刘谌。刘谌是位宁死不屈的铮铮君子，他在听闻父亲刘禅率众降魏后，来到祖庙先杀妻子然后自杀，为人们留下了千古不灭的佳话。后主刘禅则空设灵位而无坐像，表达了后人对他投降并乐不思蜀行为的蔑视与鄙夷。第二重庙才为武侯祠。武侯祠内供奉的方是汉相诸葛孔明，庙祠宽大，造型庄重，堂前廊柱上镌刻的是杜甫为之所写的《蜀相》联句：

三顾频烦天下计
两朝开济老臣心

与昭烈庙相同的是，庙内不但供诸葛孔明，也供他的子孙，其子诸葛瞻与其孙诸葛尚在邓艾兵临城下时，率兵出击，战死绵竹，为中国史书留下了一门忠烈的典范。庙内壁上还有据说为岳飞手书的《出师表》的石刻。除此之外，还有三义庙，还有蜀汉数十位忠臣的立式塑像。令人大惑不解的是，武侯祠内并无诸葛孔明的坟茔，而只有刘备与三妃子的合葬墓。后我在查阅相关资料时了解到，原来武侯祠数建数易，历朝历代的当政者都怕诸葛功高震主，故才有了现在所看到的先有君而后有臣的君臣合祠。

武侯祠其实几无可看，可看之处在于那些高大的古树名木及置于祠内的"三绝"唐碑。唐碑上刻有裴度的一段文字："务增德以吞宇宙，不黩武以争寻常。"这无疑是在追述诸葛孔明的丰功伟绩和赞美他流传后世的文功武德。

5月4日，晴天。一大早，我们乘车赶往成都汽车站，准备驱车去看坐落于成都百里之外的乐山大佛。一路上，成都平原以她秀丽的田园风光迎接我们，因为是晴天，温度颇高，热浪便不失时机地阵阵扑来。窗外油菜花谢，麦田渐黄，不远处淡淡烟霭中的绿树、村落隐约可见。经数县，渐见山峦，山下江面如镜，帆影点点，有头戴斗笠的渔夫在船头将网高高抛起，颇像某个舞蹈中的人物造型。见茶园，见石坟，见农夫在水田中赶着水牛缓缓犁地。

正午时分，至乐山脚下。乐山大佛景点有二门，一东一南，我们进的是东门。远望乐山，其形酷似一尊侧卧微睡的巨形大佛。门上有佛，路边有佛，漫山遍野的石佛像一些纳凉的僧人一样隐在崖下石间。

过了洞窟，便是连心山。连心山顶有一石佛，慈眉善目，高高在上，到达它的拜台需经数百级猩红色的台阶。山下的碣石上有苏轼所题"连心山"三字，通往石佛的台阶两边悬挂的连心锁像无数只风铃一样随索桥摇摆。

穿林越岭，始见大佛。那佛在乐山东边一处险要地，佛身为半边山体刻凿而成。站在与佛比肩的平台石栏前，佛近在咫尺，而俯瞰站在佛脚上的游客时，其竟小得像散在江岸上的一些黑豆。顺着佛的目光，我们看见由岷江、青衣江及大渡河三江交汇的大河汹涌而来，绕佛而过，分布在河岸上星罗棋布的都市楼群被烟雾笼罩，如在画里。青山，碧水，古道，石佛，这是乐山在游人眼中一年四季不变的风景，也是其天地造化里亘古如斯的全部内容。

黄昏时离开乐山。至夜投宿峨眉山报国寺。

凌晨3时起床。4时乘车去峨眉山上看日出。那时正当晨光熹微，四野悄然，许多人因怕冷而租了棉大衣或滑雪衫。至山腰时，已是人山人海，观者如织。不多时，一轮红日就从东边的薄雾中缓缓而出，很像画家水彩盘中的一滴猩红色颜料，继而变大、变亮，最终像磨盘一样带着温度滚滚一跃。太阳一出，周围的凉意一下子就减轻了。7时我们开始登山。山道由一级一级的石条台阶铺设而成，路窄坡陡，旁有护栏，栏外的林地似有一阵阵冰凉的雪气悄然渗来。因为游人拥挤，坡陡处几乎是一个人看着另一个人的脚后跟鱼贯而上。至山道中间处，见路边草中有淡淡雪痕，方记起此山有"一山分四季，十里不同天"之说。走一截，歇一歇，歇缓处有本地人在道旁搭设的简易木棚，卖小吃、工艺品，也卖从峨眉山采来的如灵芝、贝母一类珍贵的中草药。从车场至金顶约6公里的路程，我们走了近3个小时左右。至山顶时，已日光灼灼。据说金顶上能看到七彩如虹的佛光，但我们去时只看到了云海、松涛以及远处隐隐如画的青山。山顶看人如看小鸟，而万丈渊底的白云则如万顷波涛覆盖其上，使人感觉峨眉山果真如神仙居住的地方一样，灵气十足。

正午时返回车场，稍事休息便坐车至万年寺，乘万年索道，游万年寺。万年寺为明代寺庙建筑，至今有400余年历史，旁有一景"映月"极为有名。之后沿山道石级访白云洞。未见白云洞之前，原想此洞或者就是传说中青蛇白蛇修炼成仙的地方，看后才知是明代一高僧率弟子开山而建的一座寺庙，旁植万株桢楠，名"功德林"。林内古木接天，遮地为荫，每株大树非数人不能合抱。走数里许见清音阁。清音阁原是黑白二水交汇之处，水从高处如帘流下，击在涧下石上有如琴声铮铮，故为此名。

游完峨眉山之后，7月7日我们坐车经成渝高速公路至重庆，之后又乘船过三峡，后至宜昌，改乘火车绕襄樊、洛阳而至西安，7月12日夜抵达固原。

回望十余日的匆匆旅程，虽未深入巴蜀民间，但那青山绿水间的明媚让人久久难忘，执笔补记，也算给自己短暂的四川之行留下一点记忆中的淡淡怀想。

初读居延海

翻过贺兰，走到左旗，然后沿一条黑带子一样狭长的公路，没有指望地在月球一样死寂无声的戈壁沙海走上一天，远远地就看到了额济纳。额济纳被色彩绚烂的胡杨包裹着，居延海就在胡杨林的北边。在由南而北穿过宁夏的旅途中，胡杨林和居延海就像挂在天边的两幅画，让人惊叹，让人感到遥不可及。

下午，我们见到了胡杨林。

第二天，我们去看居延海。

在茫茫无际的戈壁上，居延海就像被人遗落在郊外的一块镜片，泛着幽微的光。没有风，天边微微泛着青白。在天色将晓未晓之际，居延海四周一片静默，静默得令人敬畏、慌悚。一片芦苇，几只小船，还有几座显得有些孤寂的蒙古包。在几只惊飞的大鸟的鸣叫声中，我感觉有一股亘古千年的气息向我们慢慢聚拢、靠近。而居延海的水波澜不惊。居延海的水淡定、从容，就像卧伏了千年的一种生灵一样，袒露着厚重的精神与内蕴。由于周围鲜有生命，远远地见不到一户人家，目力所及，全是一片冷寂的戈壁与沙原。有老半天，我想，要是远远地走来一匹狼该多好，要是远远地跑过一群野驼或野马该多好。但是，没有。居延海有的，只是一种叫作"大头鱼"的鱼。居延海，意为"苦海"，正因其苦，故水中只生长这种被蒙古族人视为珍宝的生物。在左旗，我们吃到了这种鱼，个头不大，肉细，刺少，味道并不像人们所说的那样美味或入口难忘。但是站在这里，那种细腻而醇香的味道就会悄悄爬上心头。你就想居延海或者就是天地造化遗留给人类在无望之中的一种念想吧。

稍离开湖边，走上沙丘，就见到一些被风与阳光打磨得光滑而斑斓的碎石。也有草，一种戈壁独有的、茎叶细硬的矮草。突然之间，就看见一只类似壁虎的沙漠蜥蜴，极快地，像是遭了打劫一样猛地从脚边跃起，瞬间就消失在附近的细草根下了。

走到湖边，一副副小鱼的骨架散在地上，标本一样。不远处，则横陈着一截一截胡杨的残骸。

少顷，太阳出来，这时居延海及周边的戈壁就像罩了一层薄雾，青虚虚的，远远地就感觉那太阳是擦着天边走过来的。这时，温暖与荒寂，这两种原本风马牛不相及的感觉，竟如此奇妙而和谐地聚于一处，令人感动。等太阳升起时，湖里的水就起了细碎的波纹，梦幻一般，而那远处的地平线，则逐渐恢复了最初的冷峻与淡定。蓦地，我记起了在《水浒传》里读到的"苏武陷居延"的诗句，心里不知怎么就恍惚荡漾起来。我突然觉得，这里的一切，碎石、矮草、芦苇、毡房以及经历了无数沧桑的胡杨，都仿佛附着了某种灵性似的，使人迷醉。我还感觉，这里的阳光与风，会像打磨碎石那样把人的意志与信念打磨得晶莹坚硬起来。

于是就想起了作家漠月。

想起了额济纳。

想起了来时的路上在一片浩瀚戈壁上幻境一般出现的神奇的胡杨林。

不远处，醉意未消的蒙古族诗人马英唱道：爱情与酒，是诗的养分；美丽的居延海，是我命中的精灵……

清水河畔一书生

1

李进祥得病，我老早就知道。刚开始的几天，大家都说，进祥这几天感觉身体不舒服，有些累，要在家休息。那段时间大家确实都很忙，都有些累，休息几天也属正常。过了个把月，仍不见他上班，大家难免猜测，这家伙可能不是休息，而是在偷偷写东西，因为前段时间进祥有些火，一部长篇刚在《民族文学》发表，手头还有一部重写的旧作正在等待或寻找出版社。这样说过几次，大家便不再理会。3月初，我被单位派到区党校学习，大约半个月之久吧，一天回单位取东西，在楼道碰到漠月主编，他说进祥身体好像真不大好，他和单位领导刚去看过，进祥非常消瘦，精神也不好，走路很慢，很疲惫。我问什么病，他说是胃病，吃不进去，一吃就反胃。回到党校，我立即给进祥打了一个电话，调侃了几句，然后问他病的情况。进祥似乎心情不错，说话一如往常，他说最近老感觉乏，吃不进去东西，一吃就不舒服。我建议，不要老是吃中药，如果太严重还是要去医院看西医，仔细检查一遍，一切就都清楚，再对症下药，也免得走弯路；并叮嘱，如果检查结束，需要中医调理的话，我可以在固原给他介绍一位。

与他通话之后，我忽然想起多年前的一件往事来，那应该是10年前，也即2009年，我因为一部关于生态移民的书稿去同心采访，当时同心的县委书记名叫王中，是个博览群书的知识型官员。采访结束，和他坐下闲聊，他对宁夏的几位作家竟相当熟悉，随口就能说出他们的代表作。这中间自然就谈到了同心的两位作家——李进祥和马占祥，他非常喜欢他们，并坦言他们私下是朋友。谈到进祥，他似乎格外喜欢，几乎读过他所有的作品。谈起进祥的成名作《换水》，他分析得头头是道，连作品中一些重要的细节都记得一清二楚。谈到最后，他突然叹了口气说，那家伙东西写得好，就是身体不好。我说看着身体挺结实啊。他说，有病，是肝病，你没看他那脸色，黑里带着一点黄，是典型的乙肝，好几年了。我当时心里沉了一下，心想，乙肝可是种非常难缠的病啊。数年后进祥调来文联，我曾仔细观察过他的脸色，果然黑中带着一点黄，有时还发灰发青，尤其是在上了一天班非常疲惫的时候。进祥有些讳疾忌医，他很少谈病，也从不参加单位体检，因而我们从未就他的疾病或身体谈论过，直到他生病住院。

进祥住院时，单位领导曾多次去看望过他，回来就说起他的病情。起初几次，大家回来说，比之前好一些了，就是消瘦、乏，其他倒没有什么。我也动过去看望他的念头，但想到他需要静养、休息，便自我安慰，算了吧，就别添乱了，等过些天他身体真正好起来再去看吧。就这样日子过了一天又一天。突然有一天，出版社谢瑞打来电话说，李进祥在微信上发了一句莫名其妙的话，他是不是生病了？或者病得很重啊？我问什么话。他把微信截图发给我，上面只有一句话：我将回到清水河。下面配发了三四张星空和大地的图片。这真是一句让人难以忘怀的话。我赶忙发了一条短信给进祥，大意是，千万不要讳疾忌医，如果是胃病的话，进行一次彻底的检查，该切的切，该补的补，没有什么大不了的，有人胃切了三分之二还照样活得好好的；如果是肝上的问题，赶快想办法去北京或外地的大医院，以免在此延误，错过了最佳治疗时机。短信发出去一天没有任何回音。第二天上班，随单位领导再一次去医院看望进祥的漠月回来说，进祥的情况很不好，人已经坐不住了，一直在床上躺着，脸色灰青，看上去连说话的力气都没有了。我赶忙问在哪家医院，几号病房。漠月说，这时候最好别去打扰了，他们去也只待了短短几分钟。恍恍惚惚过了一天。当天晚上，凌晨三四点，我突然做了一个非常奇怪的梦，梦中见到进祥穿一身黑色西服，面色平静地对我说，老火，再见了。我急忙问，什么意思？他笑而不语，转身离去，整个背影消失在星光淡淡的夜色中。我一下子惊醒，浑身发冷，在床边坐了足足有十分钟。隔天上班，碰到刚从医院回来的作协副主席兼秘书长闫宏伟，他神色沮丧地坐在椅子里念叨，进祥怕是不行了，家里人在病房围了一大圈，正商量着准备把他拉回老家同心。问看到进祥的情形，他说，人在病房的一个套间里躺着，鼻子里插着氧气管子，眼睛闭着，他们只隔着门帘看了一眼就出来了。接着澄清了一个事实：微信上那句让大家浮想联翩的话其实是进祥委托儿子发出来的——大家猜想，那时大约他连发一条微信的力气都没有了。

这真是个让人郁闷得有些窒息的早晨。

整整一天，大家都在心事重重中默默等待，而在等待中，又都期望着能有一个石破天惊的好消息从医院传来。

第二天，也即6月18日早晨，我被安排陪同自治区党委宣传部的同志下乡调研，车刚驶出银川市区不久，手机微信就传来一个足以让人失声痛哭的消息：今天凌晨1：40，进祥因病不幸去世，享年51周岁。震惊，痛惜，不敢相信。短时间内，这个不幸的消息就像风一样迅速传遍手机微信群，流泪和祈祷的表情包铺天盖地。这期间，我曾接到老作家吴淮生和王洲贵两位先生打来的问讯电话。在一片哀惋与叹息声中，我似乎看见进祥正踩着五色祥云，从容而衣袂飘飘地向他的老家同心、向他日思夜想的灵魂栖息地清水河洒然而去——

2

与进祥熟悉，自然是调入宁夏文联之后。我比他早几年进来，一直在《朔方》当编辑，他是在上完鲁院之后直接调入作协，与宏伟一起操持着作协方方面面的工作。由于脸黑，又都老实，我俩常常是大家调侃的对象。不同的是，我调进编辑部，创作上并没有多大起色，而进祥一到作协，井喷式的创作势头使他很快成为大家注目的焦点，先是小说集《换水》获第十届全国少数民族文学创作骏马奖，接着短篇小说《四个穆萨》获第六届鲁迅文学奖提名。记得那段时间，老是听见进祥获奖的消息，刊物奖、征文奖、政府特殊人才奖，短短几年，他获得文学上的各种奖项已近十次，这样的成绩足以支撑他成为一颗耀眼的文学之星。

在文化东街59号的文联老楼里，编辑部和作协都在六楼，且紧挨着，作协在西南拐角，编辑部在它的斜对面，每天上班，两个部门的人隔门就能相互看得到。作协的办公室比我们的略大一些，里边挂着字画，摆着花盆，花香四溢，这主要得益于他们有一个能干的女将冀爽。每天上班，小冀总是第一个先到，打好水，浇完花，抹完桌子，然后宏伟和进祥才到。进入工作时间，办公室显得很安静，三个人像三个学生一样一字排开在南边窗下，或打字，或印资料，或接电话，静谧，安详，很有画面感。由于离得近，也由于他们那里环境好，看一会儿稿子我们就会到他们那里去溜达，边溜达边开一些荤荤素素的玩笑。这时候进祥和宏伟就会停下手头的工作，一边坏笑，一边配合我们也开一些荤荤素素的玩笑。时间一久，这种轻松的随意走动竟成了我们工作之余难得的一种放松和休闲。

作协的工作其实非常烦琐，大到向作家们传达党的文艺政策，小到申报各种项目、奖项，召开各种形式的理事会、研讨会、座谈会，无论哪种工作，进祥都干得井井有条、有滋有味。他天生一副好脾气，什么时候都笑眯眯的，从未见他因何事对何人发过火。外面来了人，尤其是从较远地方来的作家、诗人，他更是以诚相待，不但帮助他们办好该办的事，且让他们感觉到，作协就是"作家之家"，是替作家做主的"娘家"。由于他和宏伟、小冀的共同努力，近几年作协成绩格外突出，在广大作家，尤其是基层作家中赢得了好口碑。

除了工作，便是写作。近几年，宁夏六〇后的作家们显得有些疲软，作品不多，获奖更少，只有李进祥和季栋梁等少数几位还在努力拼搏，且成绩不俗。进祥之所以作品多，能出成果，主要得益于他很自律、自制，有一个良好的写作习惯。他非常安静，少有应酬，一闲下来就写自己的东西，而且一以贯之，由于作协要求人人坐班，所以他并没有如专业作家那样天天待在家里创作的额外待遇。他的作品几乎都是在工作之余写出来的，有一部分甚至就是在办公室里闹中取静完成的。

由于工作关系，也由于是邻居，进祥和《朔方》关系一直不错。由于这层关系，他常常充当《朔方》"救急""救火"队员的角色。记得一次刊物缺头条，怎么找也找不出来，主编便对我说，你去问一下进祥，看他手头有没有短篇，让他救一下急。我过去对进祥说了，他爽快地答应，很快就将一篇准备外投的稿件发给我，这就是获得第三届《朔方》文学奖的短篇小说《婚纱照》。当评委叫他，开研讨会叫他，到基层改稿叫他，只要《朔方》需要，他几乎每请必到，很少找理由推脱。尤其是当刊物缺少好稿件的时候，只要向他开口，他肯定有求必应，从不计较稿酬多寡，要知道，凭他现在的成绩和在作协工作多年的人脉，作品发在大刊或获得高稿酬并不是一件很难的事。

进祥还多才多艺，但他从不显山露水。要不是两次特别的际遇，你从来就想不到一个脸如此黑的人竟有如此多的好能耐。

一次是在饭桌上，一位文艺细胞特别活跃的朋友请客，饭吃到中间，不知大家怎么就唱了起来，而且请客的人一再声明，每人必须唱一首歌，不唱不过。遇到这种场合，我只有耍赖或喝大头酒的份了。轮到进祥时，进祥竟站了起来，想了一想说，那我就给大家唱一首花儿吧，同心花儿。我立即为他捏了一把汗，心想，不能唱就不唱，何必为了躲一杯酒而在大家面前出这种丑呢。正在想，进祥却一仰脖子唱了起来，一开口就把大家吓了一跳，他的歌声高亢、嘹亮、凄美，完全是一副地地道道的花儿歌手范儿。花儿唱罢，大家不禁赞叹，这家伙，真是隐藏得深啊，有这么一副好嗓子，竟然从来没有在大家面前显摆过。

另一次与刊物有关。从2013年开始，《朔方》便在封二设了一个栏目，叫"作家书画"，就是邀请国内一些知名作家，登一张照片，带上简介，再写一幅字或画一幅画。"作家书画"从来都不能苛求。许多作家文章写得好，或诗作得好，但字或画不一定就好，编辑部如此做，意在美化版面，增加趣味，吸引读者。2017年某期，主编邀请进祥做封二嘉宾，因为进祥近几年的创作有目共睹，上一上封二，无可厚非。进祥给的是一幅书法作品，这幅书法作品工整、雅致、中规中矩，它带给我的惊讶程度，并不亚于他那天在饭桌上犹如天外来客似的吼出来的一嗓子。

跟进祥认识久了，交往便更进一层，工作之外，我们更多的话题便是子女与家庭。每到此时，进祥便露出自信而格外满足的笑容来，因为大家都知道，进祥不但教育孩子有一套，而且在经营家庭和人情世故方面，更有一种深切的稔熟与老道，投射到文学创作上，便是他的作品在灵动与通透之外，多了一层难得的人性的温暖与光辉。

　　关于进祥、关于民族写作、关于清水河，还是著名诗人吴淮生老先生在6月19日所作《七律哭进祥》中总结得更为贴切：

　　　　清水河畔一书生，唱出回乡无限情。
　　　　旅迹皆临巴尔干，屐痕共印凤凰城。
　　　　英才偏受天公妒，佳蕊横遭二竖凌。
　　　　徒叹遗文成绝响，悲歌一曲送君行。

　　进祥，愿你的生命永远伴随着清水河的淙淙溪流，奔涌不息……

第二辑

廉租房

1

　　这是固原新区的一个居民小区，一条马路之隔，分南北两大部分，南边一律黄色楼体，叫南区，有二十栋楼之多；北边一律灰色楼体，叫北区，有十多栋楼。因为是政府为本市低收入者专门建造的楼房，故名廉租房，或曰公租房，小区还有个很好听的名字：民生苑。

　　民生苑北区的房子，面积从30平方米、40平方米，到50平方米不等，楼与楼之间有草坪、矮树，还有一排又一排新安装的健身器材；南区内部又分为两大块，西边的和北区一样，全部是廉租房，面积也是大小不等，东边是一家企业的集资房——因为这家企业为国企，已倒闭多年了，职工生活非常困难，为了体现政府对国企员工的关怀，并为下岗职工考虑，故特批在这里盖了五栋共计二百多套楼房。

　　我租住的地方，就是这个小区东边的企业集资房。

　　虽为集资房，但格局与廉租房相差无几——楼距很小，楼体也一律为黄色，有草坪，也有矮树，不同之处在于，除了楼与楼之间没有那些簇新的、五颜六色的健身器材，就是楼房的面积通通比廉租房稍大，有80平方米、70平方米、60平方米，最小的也有55平方米。集资房和廉租房之间隔着一条水泥路，中间有一广场，广场上盖了一栋二层小楼，名曰社区中心。每天早上，小区里的大妈们会准时来到这个小广场上，打太极拳、跳广场舞。

集资房被声势浩大的廉租房紧紧包裹其间，显得仓皇、猥琐、底气不足，但由于其有房屋产权而廉租房没有，故又显示出了自己应有的优越性。

2011年10月，我由老城搬到这里。

之所以搬到这里，是因为随着市委、市政府的搬迁，老城的许多单位纷纷搬到了这里。

妻子所在的单位也很快搬到了这里。

妻子在新区上了几天班说："人家住在老城的，不是有车送，就是有车接，你现在叫我怎么上班？"

于是我不得不在自顾不暇中又一次搬了家。

我的"新家"在集资房的8号楼4单元501，是一间面积为80平方米的单元楼，两室两厅，一厨一卫。房主是这家企业的老职工，好说歹说，租金定为每月六百元，半年一缴，水电暖费用自付，这在当时景象颇为萧条的新区还是较高的。

"新家"所在的这栋楼处在两栋楼的夹缝中，前后都是新搬来的人家，由于没有安装闭路电视，那些人家的窗台上都摆满了大大小小的"锅"（即卫星接收器，就像乡村里的"户户通"一样），景象蔚为壮观。楼下的草坪高低不平，草稀稀拉拉，乍一看就像铺了一张又一张脱毛的狗皮，间或有一两株半死不活的小树兀自在风中摇曳。楼的东边是一条马路，马路过去是一座小山，山上有厚厚的杂草和茂密的树林，半山腰上还留有原先山里人家居住过的窑洞、残墙，以及一株株经年的柳树、榆树、杏树。

刚住到这里时，我还有些不大习惯，似乎是一下子从繁华的城里搬到了冷冷清清的乡下。更糟糕的是，一些可怕的传言一时沸沸扬扬。传言大多是针对小区治安问题的。据传，这里原先是个出盗贼和响马的地方，拆迁之后，一些人仍贼心不改，常趁着小区人少楼空前来盗窃，有时一晚上竟能清洗整整几栋楼。传言说得有鼻子有眼。紧接着，又传说这里还有拦路抢劫者，气焰更为嚣张：青天白日，人正走着，突然就会从身后驰来一辆摩托，倏忽之间，脖子一热，项链没了，耳坠子没了，有时肩膀上的挎包也会随摩托的经过而瞬间消失。

由于传言大多针对女性，妻便显得惶惶不可终日。

为了严加防范，晚上我们尽量减少外出时间，即使出去，也不会耗到三更半夜；到家以后，立即关门闭窗，检查插销，睡觉前也不忘将门从里面牢牢反锁。如此这般，竟也没有发生什么传言中的不测。接下来当然就是妻子的上下班问题了。妻子上下班主要是步行。从廉租房到妻子的单位，路虽不远，但步行也得近二十分钟。刚搬过来时，已是仲秋时节，妻子上班时天还亮着，但一入深冬，境况就完全不同了，这时上班后半个小时天才慢慢放亮，下班时往往天已擦黑。为了使妻子在上下班的路上平安、顺利，我们可以说绞尽脑汁，想了许多办法。后来发现，原来租住在这个小区的竟还有她们单位的好几个同事呢。之后她们结伴而行，同时上班，同时下班，亲密之状竟像刚刚参加工作。

如此熬过一年，廉租房的人气才逐渐旺起来。

2

廉租房的南边有一条马路，北边有一条马路，南区和北区中间也有一条马路。随着小区住户的日渐增多，三条马路两边渐渐出现一些

115

不大不小的店铺来。店铺五花八门，有菜店、米店、面店、肉店、水果店、花店、拉面馆、川菜馆、火锅店、包子铺、麻将馆、杂货铺子、小型超市……可以说，凡老百姓居家过日子所需的零零碎碎，在这里都可买到。

渐渐地，妻子也开始喜欢这个地方了。

妻子喜欢吃五谷杂粮，尤喜时令水果和蔬菜。下班回来，她的手里往往会提好几个塑料袋，这些塑料袋里往往装着刚刚从农家菜园或庄稼地里收获来的东西，而这些东西无一例外都出自那些街边小店或小摊。比如四五月的旱韭菜、小葱、苜蓿芽，六七月的豆角、蒜苗、瓠子、杏子、桃子、西瓜，一到秋天，那可吃的东西就更多了，不但有附近农民直接从地里拉来的洋芋、玉米、番瓜、葵花头，还有商贩们从甘肃静宁、庄浪等地贩运过来的苹果、花红、梨。要吃温棚里生产的反季节蔬菜和南方来的各色水果，那是冬天大雪封门以后的事情了。

由于每天都要买菜、买东西，妻子对附近店铺的情况可以说了如指掌，她不但知道每个店铺商品的特色，也对店家的为人和品行烂熟于胸。

和我出去散步，她常常会一边走，一边一针见血地点评那些店铺和它们的老板们。

"这个店里的菜好，新鲜，都是从地里直接拉来的，但老板娘心黑，秤上有问题，算钱时总会占人一两毛钱便宜。"

"这家店里的女人嘴软，哥呀姐呀地叫，但菜不行，菜都被捆成把子，好的放在外面，烂的裹在里头，在这里买菜，你得把她捆把子的线拆了，把菜翻开。"

"这个肉店的男人好，女人不行，女人是个小心眼，要是买肉，你得等那个女人不在的时候最好。"

"面条数那个胖女人压得好，面是新麦面，压成后还要撒些面饹，劲道，不粘，只是去年春上刚离了婚——男人是个酒鬼，喝了酒就打她，每次都打得她鼻青脸肿，忍了快十年了，终于没忍住——现在领着四个娃娃。"

"要吃早餐就去第三家，那个早餐铺包子大，粥稠。"

"买馒头千万别去东头的那一家，那家馒头看着大、暄，里面掺东西着呢。"

…………

边走边说，似乎我们已在这里生活了好多年。

除了买菜、买东西，我们有时也下馆子。下馆子时，我们往往吃的是一些本地小吃，如凉粉、酿皮、荞面搅团、荞面饸饹、浆水面、麻辣烫……吃得次数多了，和店里的老板也成了熟人。

南区最东头的那家麻辣烫馆，经营者是一对小夫妻，他们最初在街面上搭个棚子，男人配菜，女人吆喝，由于味道好，为人随和，生意竟越做越大——第一年搭的棚子，第二年就变成了租来的一家店面，第三、第四年我们去时，他们已自己挣钱买下了楼下一个大大的商铺，窗明几净，十分整洁，食者甚众。

每到这家麻辣烫馆，小媳妇早早地就迎上来，一边让座，一边把一张塑封的菜单递过来。

她管我妻子叫"姐"，管我叫"叔"，似乎自己并不感到有什么不妥。

一天我严肃地纠正她："你不能叫我叔，你应该叫我姐夫。"小媳妇笑得连腰都弯下去了。

廉租房的一天其实是从早晨开始的。

每天清晨，一个不知得了什么病的老男人在附近的山上吊嗓子，他吊嗓子的方式并不像剧团里的演员咿咿呀呀的，而是像山上放羊的山汉，高高地喊一声，低低地落下去——啊哎——尾音拖得极长，让人有种头皮发麻的感觉。

几声大喊过后，廉租房里的灯才渐次亮起来。

最早起来的是学生，其次是没瞌睡的老头老太太，接着是在附近单位上班的男男女女。早起的人一动，街边卖早餐的铺子也就全开了，那些卖油条、豆浆的，卖包子、稀饭的，沿街边一字排开，腾起的水汽在蒸笼上方凝成一疙瘩一疙瘩的雾气，远看就像落在路边的一团团云彩。

不大一会儿，社区活动中心的小喇叭就响了。小喇叭里放的是凤凰传奇的《最炫民族风》，霸道、节奏铿锵。音乐一起，住在附近楼里一群半老不老的大妈、大姐就陆陆续续走出来，扭一阵腰肢，跳一阵广场舞，然后就像过足了瘾的烟客一样慢慢散去。这些女人是这个小区的声音，她们叽叽喳喳聚在一起，又叽叽喳喳四散开来，活力四射，风雨无阻。

这样闹过一阵儿，太阳才慢慢腾腾从东山顶上升起。太阳一出，街边的一切才开始渐渐步入正轨。这时，那些开出租车的、摆小摊的、开铺子的、倒腾水果的、补胎的、修自行车的、烤串串的、卖爆米花的……像一出戏剧里的不同角色一样，随着时间的推移，一个个按照次序逐一登场，各就各位，各司其职。他们是这个小区的核心，要是没有他们，这个小区肯定非常单调，毫无生气可言。当然，也有一些整天无所事事者，每天都靠在南墙根下，抱着膀子，或闭目养神，或一整天都在看别人打牌下棋，这大概就是这座城市里一些真正的闲人了吧。

其实，这里最忙也最闹腾的时间，要数中午和晚上的上下班时间。那时，铺子里和街边小摊上的主人们一下子振作起来，他们神情专注，严阵以待，一双双眼睛紧盯着通往各个要道的十字路口，眨都不眨一下。不一会儿，他们期待的那些身影就会适时出现：有骑车的、步行的，有单个走的，有三五成群结伴来的，在这些人中，除了穿校服的中学生步履匆匆、低着头一晃而过，其他人基本上都从容不迫，慢慢悠悠，或买菜，或呼儿唤女在附近的小馆子里喝一顿。这时，车声、人声、漫天叫卖声、讨价还价声……吱哩哇啦，沸反盈天。你就感觉这廉租房其实就是一个超大的村庄或镇子。

白天闹闹嚷嚷，晚上就彻底安静下来。万籁俱寂中，这超大村庄的另一种生活却在暗潮涌动，悄悄地上演：夫妻吵架、醉鬼闹事、鸡鸣狗盗……

我常常趴在窗沿上，饶有兴致地观察着这一切。

4

调到银川以后，我的生活发生了很大变化。变化之一，时间充足了——这几乎是我梦寐以求的。因为在原单位，虽不能说是夜以继日、焚膏继晷，但时间被人为地切成了无数个小块，想连都连不起来。往往是，刚刚完成一个任务，本想借机休息一下，写点东西，突然间下一个任务就到了，弄得人猝不及防、苦不堪言。到新单位后，除了正

119

常的编稿、约稿，剩下多数时间基本属于自己。第二个变化，应酬少了——这几乎是妻子朝思暮想的。因为在原单位，应酬几乎是工作的一部分，毫不夸张地说，一个礼拜时间，在家里吃饭最多也就两三次，而这两三次也不是每次都愉快。应酬自然要喝酒，喝酒之后自然就举止失常，常有不当或不明智之举。如此三番，妻子大怒，叫苦不迭。妻子说："只要你不喝酒，按时回家，哪怕你在家里当太上皇也行啊。"但早晨答应过妻子，晚上就故态复萌，大醉而归，弄得妻子信心大失。但调到新单位以后，除了非常亲密的朋友和不得不去的饭局，我基本会推掉所有应酬，按时上下班，按时回家。

搬到廉租房，是我调入新单位之后第四年的事情。那时我刚刚调整过来，下决心要写点东西。我当时的境遇是，这一周值班，下一周休息——因为编辑部的编辑基本都是所谓作家，领导考虑到大家不但要编稿、约稿，还要写自己的东西，于是顶着压力做出了这样一个深受大家爱戴的决定。当值的这一周，我集中精力做好自己的本职工作，编编稿子，接接外来的电话，偶尔与朋友出去小酌几杯，倒也没有太惹是生非；休息的这一周，如果单位不开会或有其他要紧的事，我基本上都窝在固原的家里，欣欣然做宅男状。

按照妻子的安排，早晨我可以睡一会儿懒觉，懒觉起来即刷牙、洗脸、整理内务，之后到餐桌前享用妻子早早准备好的早餐。早餐是馒头、小菜、芝麻糊。早餐用完，碗筷也不用收拾，点上一支烟，即可到电脑前写自己的东西。写到十一点半左右，开始蒸米、洗菜、切菜，然后打开电视，一边抽烟一边坐等妻子回家做饭。

下午照旧。

刚开始的时候，自己还是有些期许的，因为从这一周的礼拜六到下一周的礼拜天，除去路上所花的时间，每次都有满满七天时间在等着。我想我的好日子很快就会到了。但世界上的事情往往是，"你盼的时候它不来，它一旦来了你又茫然"。原先，自己写得不多、不好，总感觉是因为时间不够的缘故；或者说，那么忙乱的时候，自己忙里偷闲还能写点东西，而一旦真正闲下来，一大段空闲的光阴在前面等着，自己却又有些手足无措，感觉无从下笔了。

我常常坐在电脑前发呆。

有时一坐就是整整一个上午。

怎么办？

抽烟、溜达、抓头发，头发越来越少，于是就趴在窗沿上看楼下的风景。

那时，新区的建设正搞得如火如荼，我所住楼房东边的那条马路，铺了灰砖，又铺彩砖，彩砖铺上又收拾马路牙子。到处一派繁忙景象。我趴在窗沿上，不经意间能看小半天。有时看人，有时看机器，如果兴趣来了，我会把一群工人铺砖铺路的整个流程从头至尾看上一遍。路基压了，柏油铺了，路灯一根根竖起来。廉租房四周正在一点点发生着变化。到处都是筑夯声。到处都是正在渐渐长大的高楼大厦。路那边的山上正在建造公园，公园的主体就是这座小山的沟沟岔岔。这座公园建成后，将是连接老城与新区之间的过渡性纽带。为了把修路取土形成的一道崖坎刨平，弄成斜坡状，一台大型挖掘机轰隆隆开过来了。挖掘机有一个长而弯的单臂，像手一样，远远地伸出去，能把崖顶上的土灵巧地挖下来，填在崖的下边，刨刨填填，直到形成一个与旁边的山连为一体的斜坡。之后撒种子、浇水，不到半月时间，那面新修的坡上竟有了一层淡淡的浅绿。

公园很快就建成了。公园里有广场、石阶、甬道、路灯、连椅，当然也有各种各样盛开的鲜花和绿树。每天清晨，廉租房里的人们就会从灰楼和黄楼间陆续走出来，在公园里爬山、走路、踢毽子、打太极拳……

接连看了数月之久的风景，我的心渐渐沉下来。

5

我开始写我计划中的一部长篇小说。

长篇的开头是这样的："故事刚开始，其实有些偶然。这一年，正阳县门宣乡八代沟的小姑娘陈望姣，高考落榜了。时间是2012年6月初，夏天。那时，麦子已出齐了穗，豌豆的豆荚胀得鼓鼓的，放眼望去，山上到处都是深深浅浅的绿色。村里杏树上的果子结得一嘟噜一嘟噜的……"

故事写一个会唱秦腔的农村小姑娘，高考落榜后在城里找工作，找来找去没找成，后来在街头自乐班唱了一段秦腔，吸引了很多观众。而这时，一个夏夜纳凉的记者路过这里，给她拍了张照片，并将照片发在本地的晚报上。从此，小姑娘的命运发生了意想不到的变化……

故事的发生地叫正阳，是个贫穷得没有任何特点的山区小县。

写这部作品时，我恰好就住在廉租房里。当时也是6月，夏天，一到晚上，廉租房前面的街道就开始热闹起来。高高的、手臂一样的路灯亮成一排，街边布满了许许多多做小买卖的生意人，有卖小吃的、卖服装的、卖菜卖水果的，当然也有打牌下棋的。在这中间，往往就有那么一群半老不老的人，靠墙边围个半圆，坐在一些矮凳子或砖头上，拉胡琴、吹笛子、弹三弦、敲锣打梆子，叮叮当当忙活一气，景象颇为热闹。这就是人们常说的秦腔自乐班。自乐班的人一般都是临时的，没有固定组织，他们自觉自愿凑在一起，目的就是自娱自乐，解个心慌。

我和妻子都是秦腔迷，所以常常会在晚饭后来到这里，听那么一会儿。我发现，在这个秦腔自乐班的，大都是些来自农村的人，他们虽没有七老八十，但也已年过半百。他们来到这座城市，多半是因为他们的儿女来到了这座城市，唱秦腔之于他们，一半是重拾旧好，一半是想家怀旧。

自乐班的成员往往都有些戏曲功底，他们要么原先在村里真唱过戏，要么就是一些发烧票友，他们那么一闹，往往就能吸引一群同样半老不老的人，坐在旁边叫好、鼓掌、瞎起哄。一般来说，来这里凑热闹的，多半都是些上了年纪的人，但有一天，突然就有一位小姑娘来到这里。小姑娘十七八岁年纪，五官清秀，脸蛋红扑扑的，扎着马尾辫。她看上去有些拘谨，有些羞涩，但一开口，就把旁边的人都吓了一跳。她唱得地道、深情、投入，尤其是她的嗓音，嫩嫩的、脆脆的，用山里人的话形容，"就像铃铛碰铃铛一样"。小姑娘一口气唱了三个唱段，一段《虎口缘》，一段《三击掌》，一段《藏舟》，一段比一段唱得好。小姑娘唱时，旁边那些卖小吃的、卖服装的、卖菜卖水果的、打牌下棋的，都意外地停下来，引颈翘望，其情其景颇像明星开演唱会。

这时我恰好出来溜达，适时地看到了这一幕。

我突然想起不久前看到的一则社会新闻：四川凉山地区的一个少数民族少女，长得要多好看有多好看，所谓貌若天仙。一天，一位热情的摄影师采风路过那里，发现了她，并将她带出大山，进行商业包装，人称"天仙妹妹"。后来新闻媒体围绕着这个小女孩和这个摄影师编派了好多故事，被炒得沸沸扬扬……

传闻与现实一结合，竟碰撞出一丝绚烂的火花——我以此为由头，竟写成了一部中篇小说，两万多字，题目叫《叫板》，发在那一年最后一期的《天津文学》上。

作品发表后，自己感觉意犹未尽，尤其是那个小姑娘，影影绰绰，挥之不去，老在我的眼前晃悠。后来就有了将它扩写成长篇的想法。

写长篇用了一年半左右时间。

所有的文字都是在廉租房里完成的。

写作期间，我多次到廉租房前面的那片空地上，去溜达，去听秦腔自乐班，但始终再未见到那个小姑娘。

小姑娘似乎人间蒸发了。

小姑娘为什么会出现在这里？

她是谁家的孩子？

她来自哪里？

来到廉租房，她究竟经历了怎样复杂、曲折的心路历程？

…………

关于这一切，只有通过我的想象来回答了。

2015年8月25日早晨

（本文系作者长篇小说《开场》后记）

《叫板》后记

"叫板"是一个戏曲名词——舞台上的角色在进行一段行腔之前，总要把最后说出的一句道白拖得长长的，这一声故意拖长了的道白，或曲，或直，或婉转沉郁，总之，这一声道白之后，敲锣打梆子的师傅便知道，接下来就是一大段正儿八经的乱弹（唱段）了。

对于戏曲而言，叫板只是个引子，或一句定调子的叹息，真正有滋有味的好戏，都是在这一声长长的叫板之后。

往往是，角色在出场之前，大都要在后场来那么一声长长的叫板，这一声叫，常常使人感觉那声音仿佛是从天上飘下来的，起初很高、很远，渐渐地就形成盘旋之势，等落地收尾之后，舞台上已到处布满了那种酝酿已久的、像影子一样若有若无而久久不去的东西。

懂戏的都知道，叫板至关重要，因为后面所有唱腔的内容及意义，全凭这一声异乎寻常的叫板的引领。

四五年前，我写了中篇小说《叫板》，内容是写一个会唱秦腔的农村小姑娘，在一次无意的街头演唱中，被一个所谓"慧眼识珠"的人发现了。于是这位小姑娘身价倍增，她不但被当作秦腔茶座的主打，还幸运地夺得了这个城市举办的一次名为"大叫板"的秦腔比赛的桂冠。小姑娘得意洋洋。小姑娘其实并不知道，在这一系列的事件中，她只是一个配角、一个道具，真正的主谋或操纵者是那些隐身在事件背后的人。

但小姑娘的目的很单纯。小姑娘说："我只是喜欢唱戏，你只要让我唱戏就行了。"

我无端地感觉这小姑娘就是当年的自己。

或许是叙写太过平实，或许是人物形象并不饱满，所以它在游历了数个编辑之手后，最后才在《天津文学》发表。

小说发表后，我突然就有了一个不大不小的想法，觉得沿着这篇作品的思路写下去，完全可以写部长篇小说。鉴于此，便将自己的这部集子命名为《叫板》，有开头的意思，也有鼓励自己的意思。

收在这部集子里的小说，除几篇旧作外，大多是近几年完成的。2007年5月，我来银川工作时，借居在朋友位于福星苑小区的一间宿舍里。那栋楼房临街，前面有一个公交站点。每天早晨，我坐25路公共汽车上班，晚上回来后，就和朋友泡一杯茉莉花茶，一边闲聊，一边摆开象棋博弈一二，然后上床睡觉。有时，天气好时，我会徒步走过那段槐荫遮地的街道，穿过中山公园、光明广场，然后过四五个公交站点去位于文化东街的单位大楼上班。那段时间，我重写了以前发表过的一些旧作，如《风中絮语》《喧响的废墟》《麦黄时节》等，一边改写，一边重温当初写这些东西时的情形——深深感叹那时的激情不会再有。

其实，收拾旧作的过程，也是梳理心情的过程。这情形极像冬闲时女人们坐在炕头补缀旧衣服。

此外，还写了一些题材比较芜杂的东西，如《玩笑》《救赎》等。于是，这部集子"五色斑斓"的样子就可想而知了。

当然，就数量与分量而言，乡土题材的作品还是占多数。因为被冠以"乡土叙写者"的帽子，结集之前自己还是特意读了一遍此类作品。读后发现，自己对"乡土"的认识，已然跟十多年前不同了。

村庄在消失，乡土在变迁，而作为土地主宰者的农民，现在却正想方设法逃离家园，希冀进入大城市。即使现在还留在村庄的人，他们的生活与观念也早已今非昔比，一点也没有农民的样子了。他们可以开着小车去锄地，也可以在城里摆酒席来给儿子过满月。同时，一个几百户人家的大庄子，找半天也难得见一个年轻人的身影。

大场、麦垛、河湾、戏楼、炊烟袅袅、鸡鸣狗叫，这些曾经触碰人心的场景，是否以后只有在诗人的梦中才能出现？

面对即将出版的集子，自己总是有种羞愧和惶恐的感觉，这就像一个农民面对自己的粮囤一样——收成少、颗粒不饱满，这都是因为自己没有好好侍弄土地的原因。

"叫板"是一个戏曲用词，延伸开来它还有"挑衅""较劲"的意思。叫板自己，就是自己跟自己较劲，说是一种内省，更莫如说是自己面对写作时的一种持守或内心挣扎。

2013年5月5日

话分两头

　　十年前，也即2009年9月的一天，接王治平打来的电话，让我赶快到沙湖宾馆，说有事相商，口气急迫，不容推脱。治平是我朋友，在宁夏发改委工作，擅写散文随笔，曾有作品集《路上的记忆》行世。多年前我在固原工作时，就曾与他有过交往。那时治平是泾源县旅游局局长，钟爱文字，举止儒雅，因为成功举办过一次笔会而为众多朋友称道。后来他调到自治区发改委，我到《朔方》编辑部当编辑，银川见面，友谊又得以延续。朋友有约，自然欣然前往。走进沙湖宾馆某房间，见他与另一人在沙发上相对而坐，前方大床上打印的文稿与资料摊得横七竖八。治平告诉我，最近他接了个任务，而且还是个艰巨的任务——在本单位或本系统组织几个有经验的笔杆子，以最快速度采写一部反映宁夏生态移民的报告文学，意在总结本单位近几年的中心工作，也为即将到来的重大节日"献礼"。接到任务后，治平短时间内在本单位网罗了几个笔杆子，在沙湖宾馆开了一间房，一头扎进资料堆，准备分配好任务"大干一场"。但讨论了几天才发现，原来他网罗的这几个所谓"笔杆子"，皆本单位某方面的专家，写专业论文或汇报材料拿手，描情状物却有些为难。他之所以叫我来，一是为他们即将进行的这一"重大行动"把把关，顺便也讨论一下，看能不能提前拟一个提纲，以作为整个写作过程中的小标题或框架。治平知道我之前在报社工作，虽一直经营报纸副刊，但偶尔也客串记者。写所谓报告文学，也算是轻车熟路。

几经讨论，提纲终于定下来了，共四大部分，八个章节。分任务时，治平稍作暗示，其他几个人便心领神会，极力邀我参加，并给我戴了许多高帽子，说如果我能直接参与进来分写一二章节，便是极好的事情。架不住朋友的撺掇，也是自己定力不够，于是犹犹豫豫答应下来，算是给自己其后数年留下了一个"烦恼的尾巴"。

开始采访时，其他专家忽然都不见了，只留下我、治平、另一位发改委的朋友及司机，一行四人呼啦啦走进了那时还天干气燥的宁夏中部干旱带。

所谓宁夏中部干旱带，就是指宁夏中部年降水量在200～400毫米的一个区域，它地处西北内陆干旱中心，四周被腾格里、乌兰布和、毛乌素三大沙漠包围，域内包括盐池、同心、海原、红寺堡等8个县（市、区）的64个乡镇，人均纯收入不足1700元，大部分地方仍是国家和自治区级贫困县。

第一次采访便直达其核心同心县。那时同心县内移民工作已进行了三四年，下马关和韦州的移民村已建成了一大片，有些移民的日子已过得很有些样子了。此次采访花了将近十天时间，虽是走马观花，但也对自己即将进行的采写对象有了一个轮廓式的了解。在此期间，其他几个先前有些摇摆的人竟都悄悄退出，最后只剩下我和治平两个，也算是"孤家寡人"了。治平有些无奈，他想着法子安慰我，鼓励我少安毋躁，迎难而上，说这样不定就能写出一部惊世骇俗的作品来呢。我有些哭笑不得，没想到事情会是这样一个结果。本想一走了之，但一看治平那充满智慧的脑门隐约又添数道深纹，心中不忍，于是又犹犹豫豫答应下来，算是向那个自寻烦恼的"深沟大套"又迈进了一步。

其后数月，我和治平一起搭伙去采访，我写文字，他负责拍照。虽说最初的采访缘由让人无奈，也让人不愿再提，但一进入现场，声势浩大的移民场景还是深深震撼了我们。我们坐着发改委特派的一辆车子，从一个县到另一个县，从一个移民点到另一个移民点，马不停蹄，席不暇暖，而所采访的对象——那些日夜奋战在移民一线的县领导、乡镇长、移民干部、普通群众，他们独特的经历与让人血脉贲张的移民故事不止一次感动着我们，也鞭策着我们。从当年凉风习习的深秋，到隔年春暖花开，我们先后四次深入宁夏中部干旱带腹地，边走边看边问，断断续续花了将近一年之久时间，算是磕磕绊绊完成了最初设想中的全部采访。

闭门谢客，三个月后拿出初稿，定名为《大搬迁》。送审，修改，再送审，再修改，最后又花了数十天时间进行补充和润色，一直忙到隔年年底，书稿终于定下来。九万字左右，近百张图片。洗了个澡，喝一场酒，算是与这件事做了个较为彻底的告别。

接下来便坐等书稿成书。

一晃一年余，因为忙于杂务，我几乎将这件事给忘了。一日在街边碰到一位朋友，朋友说，你们那本书由于某些原因恐怕要黄了。我突然感到我们这些所谓"笔杆子"的极度悲哀。

与朋友告别，内心的波澜久久难以平复。

书稿一放数年，再无人问津。但书稿中的一切愈来愈清晰、鲜明，就像经年的画作一样，时间越久，就越显现出其独特而又动人的样子来。不久，我就将原先的文稿打乱，用呈现原始风貌的形式将它改成一篇类似于移民笔记的长篇纪实文稿，并命名为《边走边看》（其实它还可以叫作《边走边听》），以期得到"慧眼识珠"的出版社的"宠幸"。在正文前，我还特意写了一篇类似于介绍性质的小文章，对书稿作了如下几点说明：

一、在官员的称谓前没有加"原"，也没有标注他们后来的去向，原因是从这次采访后，我基本与他们再未联系。

二、对一些官员的采访，文字有些枯燥，甚至还有些宣传或说教的味道，但为了了解此次移民自上而下的全貌，我还是决定将它们保留下来。

三、罗列了许多数字。这些数字看上去有些呆板、乏味，但这些数字非常有力、管用，如果认真琢磨，它或许胜过无关痛痒的千言万语。

四、所有的文字都是根据当年的采访笔记整理出来的，故时间、背景亦是当年。如果有兴趣读它，你可以把它看作一篇普通的散记、印象记，抑或是一部亲历式的移民野史，但你切不可将它视为一篇移相变种的报告文学。我发誓，它现在的样子，已与先前的所谓报告文学一毛钱关系都没有了。

话分两头。

就在我为这篇难以面世的文稿苦苦煎熬时，远在中卫的段鹏举也正为一个谋划多年的写作命题苦恼着，这个命题便是万众瞩目的宁夏百万大移民。

段鹏举，宁夏海原人，宁大中文系新闻专业毕业，从事新闻编采工作三十余年，在《固原日报》时，我有幸与他成为同事，是他的下属也是朋友，我们的许多想法会不谋而合。在此期间，他曾多次策划并实施对报纸的扩版改版，为报纸留下了许多好栏目和为人称道的好口碑。调到中卫后，他先任《中卫日报》总编辑，后升任新闻中心书记、主任，据说现在各种荣誉与头衔能罗列一大串。

因为一直坚持在新闻一线工作，很多年前他就敏锐地意识到，作为脱贫富民的一大举措，生态移民将是宁夏脱贫攻坚战中浓墨重彩的一笔。为此他在报纸与广播、电视上设栏目、辟专栏，并自觉搜集与此相关的资料与素材。2010年左右，他与同在报社工作的青年作家孙艳蓉联手开始采访，由于是自费采访，他们工作的艰难程度可想而知。

5年后，也即2015年，他们终于完成了这部历经许多波折的书稿，这时他们听说我采写过宁夏中部干旱带移民，便打来电话，让提供些原始资料，以期对他们的作品有所补益。我以实情相告，并将自己的全部书稿毫无保留地相送。翻阅过程中，他们惊奇地发现，我们书稿中所写的内容不但与他们的书稿相得益彰，且采访时间、顺序几乎互为补充与延续，简直就是天作之合。于是他们把两部书稿敲碎、打乱，然后像和面一样重新揉在一起，这就是现在大家所看到的长篇报告文学《大搬迁》（承蒙二位抬爱，新书稿仍沿用了我们原先的书名）。《大搬迁》脱稿后，恰逢自治区党委宣传部评定第三届"宁夏重点作品扶持项目"，这部书稿以其"丰富的视角、视野与扎实的书写"赢得了评委们一致的肯定，最终被确定为该项目中唯一一部报告文学。但遗憾的是，这部书稿因为这个项目的不了了之而最终仍未面世。

书稿一放又是3年。

今年5月，孙艳蓉打来电话说，《大搬迁》终于有着落了，为了迎接共和国成立七十周年，中卫市作为"节日献礼"决定出版这本书。

我听后非常高兴，但愿这次是真的——脱贫攻坚已进入冲刺阶段，作为比较全面反映宁夏百万大移民的一本书，但愿《大搬迁》能以自己独特的声音参与到这项伟大工程最后的大合唱中。

2019年5月27日 于银川

（本文为长篇报告文学《大搬迁》后记）

心灵的另外一种收获

　　我与佐红交往，是在出版了自己的小说集《村庄的语言》之后。那时我正处在写作上的困难期，由于工作性质的原因，我的多半时间都被杂务像豆腐一样一片片切割开来，东一块，西一块，莫名其妙的烦躁与焦灼整天像空气一样包围着我。小说集出版后，宁夏大学的研究生班和本科班在校内召开了作品研讨会，引起外界关注，评论和推介的文章渐渐多起来。其间就有佐红的评论《现代乡土文学的艰难守望——兼谈火会亮的乡土小说》，发表在２００７年某期的《黄河文学》上，标题为《作品二题》，另一篇则是写故乡物事的短文《到王塬走走》。读到它时，我还没有见过佐红本人，只觉得他的文章恬淡冲和，而又充满才气，慢慢地就开始寻找他的其他文章来读。

　　其实，在此之前，我已看过佐红各种体裁的多篇文章，小说、散文、评论，甚至诗歌。一个人什么体裁都写，而且写得不错，真是难得。我知道，佐红在大学时代就出过作品集，叫《零度梦想》，是一本多种体裁作品组成的杂和集，在校园风行一时，人皆呼"才子"。大学毕业后，佐红曾一度在杂志社工作，后又到出版社当编辑。我曾多次向佐红约稿，佐红每每面露难色，说近来只写些短文，长一点的，如小说之类，实在腾不出工夫。

　　尽管如此，佐红的才子底色一点也未消减，倏忽之间，一本颇有特色的评论集就要问世，真是让人欣慰。

对于评论，我向来是敬畏有加。我曾写过一篇题为《杂谈有感》的短文，谈过我对文学评论家的认识。我认为，评论家有如足球场上的裁判，他总是在哨声与奔跑中对绿茵场上的运动现象做出各种各样的判断。我还认为，文学评论家担当的职责应该是对已经浮出水面的作家作品进行严格的甄别、判断、分析，进而公允地将其产生的意义剖解给人们。没有文学评论家，便没有了文学史的公正与条分缕析。因此，一个有眼光的批评家，有可能营建一种生机勃勃的文学氛围，而刚愎自用或偏执一词，则极有可能造成他所研究范围内某种成就的缺席。现在看来，这些观点未必过时。其实，文学评论的价值还在于，借别人的文字来阐发自己的思想，这就决定了这一传统体裁的特殊性。

我赞成佐红的一句心得：读书不为评书，然评书可作为读书之法。

把写评论当作一种特别的读书路径，这就决定了佐红的评论并非张牙舞爪，而是率性而为。这还说明了他的评论在努力躲避着某种功利的困扰而变得"春风化雨"起来。

佐红的评论，给我印象较深的有两篇，一篇是发表在2005年第3期《作品与争鸣》上的《西海固人生存精神的写照》，这是他为本地作家第一篇摇旗呐喊的发轫之作。写作时间当在他大学读书期间。在这篇千字左右的短评中，佐红不卑不亢，侃侃而论，显露出一种敢于面对的勇力和才情。当初阅读它时，真让人有种清风拂面的新鲜感觉。另一篇则是他有点杂文味道的《我批故我在》，在哪里读到的业已忘了，只记得剑拔弩张，字字张扬，这在温和如佐红的文章中真是不多见到。看来，再好脾气的人，碰到不得不说的事还是会拍案而起的。

佐红给自己的集子定性为"文艺评论集"，其中的用意颇令人玩味。而取名《阅读的收成》，则更多的让人联想到土地和耕作的关系。

其实，无论哪种体裁，只要落笔成文，都可看作我们心灵的一分收获，是我们精神生活中一种纯粹的结晶与外化。

城里城外

　　我家和谢斌家，都与一座古城有关。我家在古城里边，他家在古城外边。沿着古城业已坍塌成一圈山脊的残墙走一遍，你就发现，他家所在的村子和我们的村子就像两片云彩一样附着在古城的两边。

　　我们的村子叫火家集。

　　他家所在的村子叫城背后。

　　要想说清这两个村子的来历，首先得从古城最初的历史着手。

　　古城有近千年的历史了，它最初的名字叫羊牧隆，后来改称隆德寨，从名字的变化与沿袭上，你一定会猜测到它的大概用途——它原先确是一座不大不小的兵营，是用来御敌屯兵的寨子。据当地志书记载，它于宋天禧元年（1017年）修建，是甘肃平凉一个名叫曹玮的驻军将领奉命修筑的，因其在滥泥河与葫芦河交汇的三角地带，故其地理位置之重要不言而喻。现在，你只要站在古城遗址的任何一段残墙上，两河流域附近地貌尽收眼底，连最没有军事知识的人都能看出它是个能攻能守的好地方。因其最初抵御的是北方游牧民族，故名羊牧隆，后改隆德寨，属宋庆历年泾源路第十将统辖。

　　古城更名不久，西夏与宋战事爆发。野心勃勃的李元昊亲率十万大军，一路杀来，至古城五里之遥的好水川时，用哨鸽诱敌深入，伏兵齐出，歼宋军一万八千余众，三十多员宋将阵亡。这就是历史上著

135

名的好水川之战。在好水川的古战场遗址上，当地的农民种地时曾多次挖出过被集体掩埋的阵亡者，层层白骨，一层压着一层，有些头颅骨骼犹带箭镞，临近一望令人不寒而栗。当时，为救深陷包围圈中的主将任福，驻守隆德寨的宋将王珪接到战报后迅速出兵，率四千铁骑突入敌阵，一日四换坐骑，战至傍晚，因眼睛中箭退至古城，当晚死在大寨军营，为古城的历史涂抹了一层淡淡的悲壮色彩。

获胜后，李元昊曾和他的丞相张元经过隆德寨，走到古城脚下的旧庙时，竟诗兴大发，为贺大捷，于墙壁留反讽诗一首：夏竦何曾耸，韩琦未足奇。满川龙虎辇，犹自说兵机。

到了南宋，金人攻占了隆德寨，并以此为据点，与宋兵对峙。据传，《岳飞传》中"牧羊城盗图"的故事就发生在这里。

元朝初年，成吉思汗亲率大军攻伐西夏，在占领了宁夏的大部分地区后，不久就攻克了金人把守的隆德寨，并驻守在此，直到制定出攻取平凉城的路线图。后来，蒙古族人入主中原，执掌朝政的忽必烈认为，"今隆德有城郭可居，事甚便宜"，而六盘山附近无据点可守，遂颁诏迁城，于是，经历了数百年风雨的隆德寨便成为一座废城。

迁城后，原址因有传统的边贸集市，且火姓人家居多，故名火家集。而根据当地学者考证，火姓家族当为成吉思汗屯兵时遗留在当地的后裔分支。

我们当真是蒙古族人的后裔吗？

每当我内心深处产生这样的疑问时，眼前总会飘过古城昔年的影子。

其实，啰里啰唆叙述这些，无非想说明，我老家的这座古城原本是有些来历的；而在这样一座颇有些来头的古城里生活，平时不联想点什么几乎是不可能的。换句话说，我那点可怜的文学感觉，原本是和这座存在了近千年的古城相伴相生的。

记得小时候，我们的生活主要是围绕古城展开的：我们的家在城墙下面，学校在古城里边，而我们各家的耕地都分布在古城的角角落落。

古城里到处布满了镂刻着花纹图案的碎砖断瓦，有些花纹还是很美丽的；有时我们还会很幸运地捡到一两枚铜钱，而那些铜钱无一例外都是锈迹斑斑的。

那时，我们常常会听到大人们进行着这样一些对话：

老四，你家教场的那块地今年种啥？

胡麻。你家呢？

糜子。我家胡麻今年种在杀人圈。

以上对话中的教场和杀人圈是现在人们对古城练兵场和刑场的俗称。

其实，这样留有古城气息的名字还有很多，如现在的马圈就是古城养马的地方，马豁口就是古时赶马饮水的垛口，店子院一听就知道是原先开店开铺子的街坊，还有大衙门、二衙门、大教场、小教场等。听着这样的名字，住在这样的地方，相信再愚钝的人也会发一些思古之幽情。

所以，当我有能力用文字表达一些想法时，描摹的对象首先是自己最初文学启蒙的古城。

我最早变成铅字的两篇小文写的都是与古城有关的物事，一篇叫《故乡的小河》，一篇叫《瓦子窝窝》。

我家所在的村子在古城的东边，紧傍古城的东墙，据说原先有过很繁华的集市，现在是一点儿也看不出来了。村前流经的就是渭河最远的支流葫芦河。小时候，这条河水量丰沛，清澈见底，真是我们童年的乐园，现在却一点水都没有了，满河滩都横陈着挖过沙子的大坑和运沙的机器。大概是古城正门的缘故吧，我们村子的前面明显要比其他几个偏门开阔一些，有河，有大路，有长条形的川台地，还有一座连一座紧挨的村庄。

与之相反，古城的西边就显得落寞一些：紧靠城边是一条突然下切的溪河，叫滥泥河，光听名字，就能知道它是一条怎样的河了，它确实是一条终年流淌着黄汤的浑浊的河。河那边的山坡上依稀散布着零星的几个村子，靠城最近的那个村庄名字就叫城背后，隶属于王民乡。

谢斌的老家就在那个村子。

为什么叫城背后呢？顾名思义，就是指古城的近郊。从地理位置看，那更是个能给人文学想象的地方。那个村子在河沿上，背靠一面斜坡，错落有致的百十户人家像晒暖暖一样挤在一起。站在村子任何一户人家的门前，首先看到的就是近在咫尺的古城北墙和西墙。我曾多次想象过幼年时的谢斌在玩耍累了抬头遥望古城时的情态，宛然如画，似乎就在眼前。

他一定对着古城长久地发呆。

他还一定在某一时刻假想过古城的往昔。

那是一种怎样有意味的想象呢？

金戈铁马、狼烟腾腾、灯映大帐、走卒如织、衙门高殿、更鼓轻敲、店铺林立、市声扰攘……

但无论如何，古城肯定给予过他文学最初的遐想。

多年以前，我和谢斌成了朋友。那时我听到过一个令我非常吃惊的消息，说谢斌在读师范时，由于痴迷于文学，精神几近崩溃，后来在家人的劝说下不得不中途休学。这个消息后来我在谢斌那里得到了证实。一个人为文学而痴、而癫狂，这大约就是我们最终成为朋友的理由吧。

许多年过去了，我和谢斌都渐次离开了原先工作的地方，也离开了古城，到真正被称作城市的地方去打拼生活。他先是在教育部门工作，后来又调到县委宣传部任职，主抓新闻宣传。不管何时何地，温和的他总在用涓涓细流一样的文字滋养着自己的灵魂。

他是否还记挂那座给了我们无穷想象的古城？

而古城呢，是否还记得那两个曾无数次打量过它的乡野孩子？

（本文系谢斌散文集《寻找心灵的领地》序）

在笔与手术刀之间

　　我和李继林相识已久。我们的家都在西吉县将台堡。将台堡是个镇子，在西吉县的南边。出西吉县城到硝河，再沿西静公路行走约二十里，便是由两山夹峙形成的条状川台地。由于有渭河最远支流——葫芦河的流经，政府文件一般称它为葫芦河流域。葫芦河斜穿西吉的山山峁峁而到了将台堡后，地势渐缓，河谷渐宽，故人们又称这块在大山深处难得一见的川台地为"川道"。川道里村庄密布，人们依山而居，夏秋两季，这里树木笼罩着人家，一个村庄就是一片绿荫，风景煞是好看。

　　沿川道向南，傍着葫芦河两岸铺摆开的是一些在全国都小有名气的村镇：将台堡、兴隆镇、单家集、玉桥……

　　我们的村子叫火家集。

　　李继林家所在的村子叫四沟。

　　这些在传统地界上属于甘肃静宁的村子，无不浸染了陇东文化的遗风而民风淳朴，文化积淀深厚。随便走进一户人家，你就会听到地道的陇腔陇调，或秦声秦韵。如果是在年头节下，从一些残存不多的小型社火自乐班——地摊子中，你还会听到只有陇东地区才有的一些小曲小调，如《下四川》《匡胤送妹》《十不贤》……而一遇婚丧嫁娶、祝寿满月，你则会因感受"完整版"的中原礼仪而唏嘘不已。或许因

140

为这些村社习俗的长期濡染吧，这里稍有文化的人便开始舞文弄墨起来，当然这其中就包括我和现在写诗也写小说的李继林。

李继林写诗，是从他卫校毕业以后就开始的。那时李继林在一家乡镇卫生院工作，平时穿白大褂、挂听诊器，一到晚上就开始趴在桌子上深情吟哦起来。李继林早期的诗多以爱情为题材，疏朗、清新，且带有一定的"私密性"。之所以说它有"私密性"，是因为他那时的诗除了一个正规的标题外，下面破折号处往往还有一个令人浮想联翩的副标题，如"给ＤＸ""给ＬＬ"……这些看似"个人"或"私密"的小诗，恰恰印证了诗歌一个尤为重要的特点：有感而发，因情而作。

千禧年之后，李继林的文字开始悄然变化起来。他那时不但写诗，还兼写表达亲情、友情的散文。诗人写散文，往往轻松自如，信手拈来，那是再自然不过的事情。李继林的散文走的是典型的中国传统式路子，质朴、老道，还透着一缕若有若无的古风古韵，如他的《乡下的姐姐》。《乡下的姐姐》是一篇极具感染力的散文，文字朴实无华，讲述的是一个姐弟情深的故事，读来情真意切，暖人肺腑。

《乡下的姐姐》之后，李继林就秣马厉兵开始尝试起了小说创作。医生写小说，并不是从李继林才开始，闭上眼睛数一数，光中外文学史上留名的大家就有一大串。医生写小说，单从职业的感觉就有一定优势，冷峻，犀利，且充满着理性与人道的光辉。解剖病理与剖析人生，手术刀与笔，这两种看似风马牛不相及的东西，其某种微妙的内在联系，或许只有医生自己才知道。

李继林写小说多年，我比较看重的还是他那些有关医生题材的小说。前段时期，我编过李继林近期创作的两部短篇，一名《杏林》，一名《专家》，两篇作品主人公均为医生。《杏林》讲述的是一个中医世家的故事，故事简单，人物简单，但寓意深刻，把医风医德上升到人生世相的层面上，没有一定的社会经验与写作功力显然是无法达到的。《专家》讲述的则是一个更为现代的医学故事。主人公平常平庸，却照例成为专家。这个故事发人深省的地方在于，社会个体与某种制度之间究竟应保持怎样的一种关系——其暗藏机锋的批判意识显而易见。两篇作品均采用春秋笔法，简洁明快，再加上有克制的白描勾勒，这就是典型的中国式小说的经典写法。中国式小说写法的精髓在于，抓住人物的魂魄，三笔两笔，形神俱现，这种类似白描的写法说到底就是一种修炼，文化的修炼。中国人用中国式写法，这话听起来拗口，但其中所含的道理是不言自明的。

　　李继林一边写作，一边为自己的生计奔波。据我所知，李继林至今还在乡下医院盘桓。在乡下医院不能说就体现不了一个人的价值，问题的关键是，在笔与手术刀之间，往往一个人的选择是无助的、迷茫的。

　　一转眼，李继林在文学创作的道路上已走过了十余个年头，十余年间，李继林用自己的创作实践诠释了"龟兔赛跑"的故事。这则经典的寓言告诉人们：只要有一份纯正的坚持，相信什么样的目标都有可能实现。

（本文系李继林作品集《雨水》序）

李继林小说的节奏

　　读到李继林近期写的小说，心里很为他高兴。他的小说质朴、耐读、有韵味，这当然是长期文字锤炼的结果。他早年写诗、写散文，上学期间就开始发表作品，在当地小有名气，后来转而写小说，似乎水到渠成。正因为写过散文与诗，他小说的语言就显得很讲究，不溢不漫，富有节律，似乎是在演奏一段色彩浅淡的乡村音乐。我曾经给人描述过读李继林小说时的独特感受，好比一个人坐在冬天的火炉边，一边呷着小酒，一边听人说故事。这时候，炉中的火苗一定在微微作响，罐罐茶在炉边咕嘟咕嘟冒着气泡，屋子里温暖、安静、少有杂音，与此同时，屋外的雪花正在远处的狗吠声中一片一片飘落——当然这只是小说的前奏。前奏过去，开始渐渐进入正题。这种进入，不是突兀的或疾风骤雨式的，而是像溪水缓缓流入禾田，润物无声又温和舒展，似乎文字本身就浸洇了写作者的某种情怀或者性格。画卷在徐徐展开，人物在悄悄浮现，故事情节在渐次推进，不经意间，读者与作者并肩进入文字，进入生活，进入人世沧桑——这就是好小说的节奏。好小说的节奏，一定暗合了人们在阅读上的某种期待而使人愉悦，就像旋律之于音乐一样。我喜欢李继林小说的节奏，这种节奏是沉稳的、安静的，其吸引人之处在于它流水一样的潺湲与不动声色。

　　我曾经编发过李继林的多篇小说，印象较深的有《老汤》和《辞路》两篇。《老汤》曾被《小说选刊》转载过,写一个乡村医院的老中医,生活艰难,却始终不忘自己的职责与本色,对亲人、病人从未因生活的繁复而忽略、而敷衍。小说一点一滴,娓娓道来,通篇都弥散着一种练达的人生旷味,读来让人感慨、叹惋。这样的人生,就像一剂经历过无数次重复又修正的汤药一样,最终带给人的是安宁、静美和款款的灵魂抚慰。《辞路》写一个暮年的女人在感觉不久于人世之时最后一次回娘家的过程,这个过程在西海固地区就叫"辞路"。辞路原本是沉闷的、琐细的,但又是充满诗性与张力的。一个乡村女人,出身虽然寒微,但经历过数十年风雨人生之后,她依然会感受到生命的可留恋与尊贵。作家对这样一种仪式感极强的行为的洞悉与深入摹写,其实是对生命的另一种致敬与礼赞。

李继林长期生活在基层,他的职业是一名乡卫生院医生,周围的同事、朋友都是些极普通的人。他上班时,并不像大医院的大夫,神情冷峻,正襟危坐,而是热情得店小二一样忙前忙后,因为病人不是朋友,就是亲戚,或者是多日不见的乡邻,想高冷也高冷不起来。上班看病,下班也得看病,有时正休息,突然一个电话打过来,他就得骑上摩托或开上车,像赤脚医生一样连夜赶到某一个偏远的村子——因为那位病人不是行动不便,就是年事已高,需要大夫特别关照才行。闲暇之时,他写写小说,练练毛笔字,不求闻达,仅聊以自慰耳。时间一久,朋友也多,但凡街上人家有红白喜事,只要邀约,他必与同事一起过去,喝酒、谝闲、吹牛皮,因而街上人家的逸闻掌故,自当了然于胸。有时老家有事,他也回去,比如丧事、婚事、祝寿、满月等,他不但回去,有时还得承担记礼簿、写铭旌的任务,因而乡村礼仪与习俗他也非常稔熟,顶得上大半个乡绅。这样的生活,有人叫乡下生活、"慢生活",他则称为"庸常的日子"。

"只要用心，你的身边几乎每天都发生着一些琐碎而有意思的事情，即便是在庸常的日子。"

　　其实，李继林正是在这样的日子里体悟、修炼，而且乐此不疲。原先，他还有些不安、躁动，因为和他一起毕业的同学大都上了县，进了城，他却一出校门就待在这个叫将台堡的镇子上，二十多年几未离开。渐渐地，他适应了这里的一切，而这里的一切——包括民风、民俗、人情、世道、纲常、伦理，以及生活方式等，无不反过来影响着他、滋养着他。他以认命的方式平复了自己的心态，开始认真思索关于人的问题、社会的问题，而这样的思索的潜在价值正逐步显现。

　　2017年年底，李继林通过邮箱发来他近期所写的四部短篇，阅读时，我发现，这四部短篇并非一挥而就。他写得很细、很慢，似乎踩着鼓点，把握着节律，生怕因为一句话或一个词的错用而破坏了整个作品的调子。这种小心翼翼又扎实老道的叙写，我将其称为李继林小说节奏。

　　这四部短篇中，《勤劳致富》的色彩比较明快一些，小说写一个叫亮子的青年在打工时四处碰壁的故事。他想致富，也很勤劳，但运气总是差那么一点点，几乎每次打工都不顺利，有时竟血本无归。他在建筑工地当过小工、贩过煤、种过芹菜、当过小包工头，一次比一次倒霉，一次比一次输得惨，不是天灾，就是人祸，不但没能致富，最后还欠下一屁股债。特别是最后一次当包工头，他贷了款，押上全部家当，还改掉了喝酒贪耍的毛病，希望能借此翻身，走出困境，但在紧要关头，却听说他苦心经营的靠山——镇长与老板双双被调查，这意味着，他最后一次破釜沉舟般的努力也宣告失败。小说的反讽意味非常明显，其主旨与叶圣陶的名篇《多收了三五斗》很相似。

　　最让我感动的是《周吴小学的春天》，这篇作品因为选材与写法的独特而使人怦然心动。两个老师、一个厨师、六个小学生，这就是一所乡村小学的全部成员。小学校长是一个名叫吴学谦的年轻人，师范一毕业就到周吴小学当校长，一当就当了二十多年，学生一年比一年少，教学环境一年比一年差，可吴校长初衷不改，"我心依旧"，该有的"规矩一样都不能少"。即便只有六个学生、三个年级，他仍然像对待当年的一百多个学生、五个年级一样，上课下课得喊"老师好""同学们好"，各个年级照样得有体育、美术、音乐等课程，特别是上课下课敲的那个"钟"——一截废弃的钢轨，尤其让人心动，就像回到了多年以前。吴校长不但认真、勤快，还有一颗善良的心，弟弟坐牢了，家里困难，他就帮弟媳干活儿，将弟媳雇用到学校帮厨，还将弟弟的孩子朵朵带在身边，教她认字，照顾她生活，视如己出。在这个人物身上，李继林倾注了极大的感情，字里行间温情款款，就像用心描画自己或自己相处多年的一个兄弟。由于对人物与环境的熟悉，他不但对整个文本驾轻就熟，且时不时地就轻扬起一种淡淡诗意，使人读来舒畅、熨帖。作为写中国乡村教育现状的一篇小说，《周吴小学的春天》并不像《凤凰琴》那样悲壮、凄怆，更不像石舒清笔下的《黄土魂》那样残酷，而是用温软之笔，通过对吴校长这个人物的刻画与倾情描述，来叙写一种生活，展示一种人生状态。他对吴校长的欣赏，其实就是对坚守与平静对待生活的一种欣赏，读来诗意盎然。

2018年3月4日于银川

北象山下

在西海固，每个县城旁边似乎都有一座山，这些山不但有名、有景，且几乎都很讲究，有些来头，当地的志书大都记录有关于它们的典故传说。其实，这些山也都是些极普通的山，与西海固其他地方的山，看上去并没有什么两样，只是它离城近，常有人光顾，久而久之，就变得有些不一样了。在当地，这些山的作用极大，它往往是人们修身养性、强身健体的最佳去处，这一点，生长在平原上的人是体会不到的。登山的过程本就趣味无穷，等登上山顶，一身汗一出，脚上疲累，精神却一下子豁然、释然，像被什么净化了一样；这时候坐在山顶，鸟瞰一下自己每天生活的那些火柴盒一样的地方，便感慨，终日忙碌，原来竟和一只小小的蚂蚁没多少区别，心头不由一震，精神境界一下子提高不少。于是，这山和这人便从此有了一种纠结不清的缘分。

山上有景，名字也讲究，如傍着西吉县城的叫北山，靠近海原县城的叫牌路山，固原的叫东岳山，泾源的叫堡子山，彭阳的叫灯盏山，隆德的叫北象山。在我的印象中，这些山还培养了许多文人情趣，只要是在这里生活过的人，没有人会不在意一座山的存在。换句话说，这里的人，只要是有些文才常常舞文弄墨者，大多以此为摹写对象，花花草草，寄托情思，这有点像江南的文人之于烟雨，之于水。

我自己就因为在固原生活了十多年，而多次写过那里的一座山——东岳山。

基于以上判断，于是，我便形成了另外一种思维——如提到某某县城或某某山，我便自然会想起住在那座城里或那座山下的某位朋友，而这位朋友一定是与写作有些关联的。

如刘向忠。

刘向忠住在隆德城里。

他每天面对的自然就是北象山。

为什么叫北象山呢？据《隆德县志》记载，山在城的北边，形似大象，故名北象山。相传此山脚下曾建有一座祠宇，名韩魏公祠，专为祭祀宋代抗夏名将韩琦而建，不过现在早已废之不存了。祠宇不在，风景却依旧。春天，这里桃花盛开，落霞铺地，踏青赏景者络绎不绝。秋天，山上又是另一番情景，松涛阵阵，满眼皆绿，感物伤怀和遣怀散心者比比皆是。现在，山上建起一座公园，园内牌楼凉亭，浓荫覆地，如果要上山，则可沿园内石条台阶拾级而上，至山顶，一凌空阁楼前题一联云，"日观千家户，夜赏万盏灯"。真是道尽此山的妙处。

刘向忠住在北象山下，但他并不像陶渊明住在南山下——陶渊明住在南山下，每天喝喝茶，吃吃酒，采采菊花，优哉游哉，兴致浓时，还会独自驾一叶扁舟，寻觅梦境一样的桃花源；而刘向忠每天还得东奔西走，"为五斗米折腰"。早些年，向忠在一家供销单位工作，单位解体后，在县城新盖起的商城分得一角货柜，操持营生，养家糊口。因为要调货，他时常要来固原。我那时碰见他，总见他行色匆匆，一副风尘仆仆的样子，当街立住，问候几句，笑一笑，招招手，绝尘而去。后来大约日子好过了，才见他脸色红润起来。

其实，我与向忠相识，还是在固原的一些文学聚会上，那时大家写作的兴致正浓，每次相聚，总是一来一大帮。向忠不喝酒，不抬杠，别人在那里高谈阔论，他则笑眯眯地坐在一旁，喝水，想事情。向忠是那种看上去柔弱、腼腆，实则性情刚硬的人。由于性格的原因，每次相聚，他是最容易被人忽略的一个，似乎有他没他一个样，但事后想想，他的许多妙处便会悄悄浮现，使你无法对他忘怀。

多年前，我曾在报纸副刊编发过向忠的一些散文随笔，从他看似散淡或不经意的书写中，我能强烈感受到他内心的平静与不平静，或热烈与不热烈，于是，在一本西海固作家的合集中，我曾写下过这样一段话："坚持散文创作多年的刘向忠，善于撷取生活中曾经常见的物象，通过深情的描绘，表达自己对生活的无比热爱和对故乡热土的深情厚谊。他的看似平淡的文字背后，埋藏的其实是一种炽烈的浓情深义。"现在看来，这段文字还是能一定程度上概括他的散文写作。

其实，他的散文涉猎极广，写法也多样，有散文、随笔、小品、游记，还有一些夹叙夹议的散记随感。不论写哪类文字，向忠的态度都是真诚的、可感的，似乎在决意表明自己的有情有义、多感多思。而在一些叙写内心波澜和一些表现自己对故土情思的文字中，向忠则又显得气韵通畅，思绪飞扬，似乎自己本身就是一位不错的诗人。

多年来，向忠一直坚持写作，红不红，得奖不得奖，他都一直在写，似乎除写作之外，其他都与自己无关——其实，在西海固，像向忠这样的写作者还有一大批，他们默默写作，信念坚定，只计耕耘，不问收获，正是他们的坚守或坚持，所谓的西海固文学才多姿多态，根深叶茂——从一定程度讲，他们才是西海固文学真正的堂奥或基石。

记得多年前，固原电视台曾拍过一些电视散文——就是把已经发表过的散文拍成画面，再配以深情的朗诵——其中就有向忠的一篇。文章的题目已经忘了，只记得向忠在画面中走，走，一直走，走着走着，文字结束了，画面也停止了，这时向忠坐在一面山坡上，目视远方，若有所思——这时我感觉到，柔柔弱弱的向忠，竟也有静如止水或稳如山石的一面。

他所坐的那一面山坡，或许就是他老家的北象山——如果是北象山，他是在思考一些什么呢？

2014年9月15日午后

白远志的乡土

　　石嘴山市文联很重视文学这一块，多次邀请《朔方》编辑部的人到那里去组稿、讲课，我也有幸多次被邀。记得在一次改稿会上，我说："石嘴山是宁夏的工业区，辖区内有大大小小数不清的矿井与煤窑，此次来石嘴山，我希望能看到写矿区、写煤窑、写工业的文字。"但非常遗憾的是，写工业与矿区的文字，我那次没有见到，后来的几次均未见到。什么原因呢？一位本地作家告诉我，原来写矿区的作家们都老了，不写了，而新一代的作家们又大都不在矿区，或不熟悉矿区，如此这般，所谓的"矿区文学"就算是销声匿迹了。我只好轻轻唱叹一声。后来我和漠月、梦也去采访煤矿塌陷区，看到了那里辉煌之后的凄凉景象，不禁再次唱叹，这确实是一个产生文学作品的地方啊，这里如果不出现几部或几篇写矿区、写塌陷区的震撼人心的作品，实在是说不过去啊。这个地方可实在是太冤了啊。

　　但我们最终还是没有见到那样的文字。

　　现在的石嘴山文学，仍然以写乡土者居多。

　　2016年12月18日，石嘴山市文联召开本地作家作品研讨会，研讨的四位作家，其作品无一例外都是写乡村、写乡土。而且与会者敏感地注意到，他们不但写乡村、写乡土，而且四个人中除杨军民现在一家企业工作外，其余三人——白远志、黄清海、苏子均为农民。我这里所说的农民，不仅仅是在说身份或出身，而是说，到现在为止，他们仍然实实在在地在农村种地、在耕作。

这或许是研究石嘴山文学一个新的亮点或切入点。

四位作家的作品，我多多少少都有接触。苏子其实是一位比较成熟的作家，他的作品多年以前就在《朔方》发表过，中间沉寂过一段时间，近几年突然发奋、发力，在区内外多家刊物发表了一批质量不错的作品，让人刮目相看。军民之前写诗、写散文，这样的锤炼反映到他的小说中，就是语言更加规范、讲究，且底气十足，而他对作品不厌其烦的修改又使人印象深刻。黄清海的作品语言活泼、思维跳跃，是四位作家中最有个性的一个。相比较而言，读白远志的作品较多一些。白远志的作品浑厚、朴拙，但又时不时地有出人意料之处。作为乡土文学的叙写者，白远志一开始就没有田园牧歌，或轻歌曼舞，而是将笔触伸向更广阔的乡村大地，去探究人性，析解矛盾，这就使得他的作品有一种沉甸甸的批判的特质。这种特质在他的作品中随处可见。他还有一些细腻的、剖解人物内心的作品，读来照样让人舒畅神怡。这些作品足以说明，在写作这条路上，白远志的探索并不是单一的，或单调的，而是丰富的、多元的。

其实，接触白远志的作品已经好几年了。2012年10月，《朔方》策划了一期"全区农民作家作品专号"，其中就有白远志的稿子。白远志当时交上来的作品叫《寺台子》，是一部由四篇微型小说组成的短篇小说集，语言好，架构独特，还有些淡淡诗意。初审时大家就认为不错，发出来后果然有些反响，得到许多读者肯定。这之后，远志大受鼓舞，接着又写了好几篇不错的短篇，其中一篇《村街上》让人印象颇深，他用第一人称的写法，写了一个农村"多余人"的形象，一个看似懒散、傻呆、无所事事的农村闲人，其实把什么都看在眼里、记在心上，他对所有社会现象的评判，其实在很大程度上就是作者自己对这个社会所持的观点，小说的语气是轻快、嘲讽、揶揄的，但又是辛辣且深刻的。这篇作品有些《局外人》的意思，还有些《尘埃落定》的意思。在这篇作品中，远志充分展露了自己独特的文字直觉与文学禀赋，确实给人耳目一新之感。

《村街上》之后，我还编发了白远志《乡囹》《晃荡》等小说，2017年第1期又在"本期一家"栏目编发了他的个人作品小辑（包括一部中篇、一部短篇和一篇创作谈）。在这些作品中，白远志虚构了一个名叫"套里滩"的村子，这可以看作是一个乡土作家的地理标志。他所写的人物，绝不是标签式的，而是现实生活中本来就有的，就像他的左邻右舍，或乡里乡亲。我猜想他写这些人物的时候，有时未必是前期谋划，而是信手拈来，或率性而为，因为这些人物他太过熟悉了，只要提起笔，这些人物会像听到召唤一样争先恐后、挤眉弄眼地向他奔来，这就是读他作品时有些让人自顾不暇的原因之一。

白远志的作品，几乎每篇都有一些看点。《乡囹》写了一个捉蝎子的故事，一大群人，开着三轮车，提着矿灯行走在荒原上。他们在荒原上搭了帐篷，安了家，目的是在深更半夜时捉石头下面的蝎子卖钱。故事就这样在荒原上拉开了大幕，随着故事情节的展开，所有人的内心也在一点一点打开，直到那个来历不明的老农在帐篷中莫名其妙死去。这样的手法，颇有些石舒清早期小说《赶山》的味道。只可惜作品在这里没有充分展开，留下了一些意犹未尽的遗憾。

《晃荡》大约是《村街上》的姊妹篇，相较于《村街上》,《晃荡》少了些油滑与不经意，但在批判现实的开掘上更深、更老道。

在他的个人小辑中，我更感兴趣的是他那篇看似散淡实则用心良苦的创作谈。在这篇创作谈中，他不谈理论与感受，甚至连写作经验也只字未提，而是一口气罗列了几十种生活中常见的现象或细节，文学味十足。现象罗列完了，文章也就结束了。他等于用另一种更直接的方式告诉大家：看，我就是这样写小说的。

两年前，我和同事去过一次白远志家，好像是搞什么活动，石嘴山市作协的领导特意将地点选在那里，顺便也有看望基层作者的意思。那是一次很有意义的活动，一大帮人下车走进农家院落，这就使得憨厚质朴的远志有些慌乱，有些受宠若惊。远志的家在公路边上，没有院墙，没有篱笆，正中一排红砖红瓦的房子，房前的水泥地坪小山一样堆满刚从地里拉回来的金灿灿的玉米棒子。进院之后，大家立即四散开来，在远志家房前的小菜园里找西红柿、糖萝卜。小菜园里已是枝残叶败。远志搓着手笑嘻嘻地说：西红柿都落架了，要是大家早几天来就好了。

但大家的热情依然很高。大家一边咔嚓咔嚓啃着糖萝卜，一边谈论着关于如何振兴石嘴山文学的话题。也就是在那次活动中，我才知道远志原来当过兵，复员之后回家当农民，二十多年中，他几乎从未离开过土地。后来子女长大了，进城了，他依然和老婆侍弄着那几亩黄河岸边的水田，乐此不疲。

喝酒、种地、交友、写作，这也是一种难得的、怡然自乐的人生境地。

他还与人合著过一部历史长篇小说，叫《开国大将蒙恬》。

趁着大家闲聊，我悄悄走出屋子，此时阳光已经西斜，高大葱茏的榆树隔着邻家的屋顶把影子投下来，洒下一地斑驳的落阴。院子里有一只小狗、几只鸡，还有一群在圈里津津有味啃玉米秸秆的羊。他家门前有一条公路。路把村子一隔为二。路旁的标示牌上赫然写着这个村子的名字：六顷地。

2017年10月12日

（本文系白远志中短篇小说集《三棵柳》序）

真诚的力量

　　今年八月，去固原参加活动，碰到同样来参加活动的高丽君。高丽君说，她今年有一本书要出版，是写教育的，书中内容还没有在刊物上发表过，让我看看——意思是，能不能在《朔方》选发一二。我说好。我俩加了微信。不久她就把文章发了过来，篇幅很长，内容很庞杂。我便说，你最好把稿子发我邮箱——意思是，这么长的篇幅，这么庞杂的内容，你让我在微信上怎么看？发过来稿子，高丽君又在微信上解释，书已在出版社过了终审，年底有可能会印出来，出版社对书稿很重视，不但出，而且准备大出特出。之后又略显羞涩地发过来两位名家对该书的推荐语，一是石舒清的，一是乔叶的，评语写得很简短，但很有力道，看得出，两位作家确实看过书稿了，而且是有感而发的。

　　一通短信交流之后，一切如常。我没有立即看，高丽君也再没有催。高丽君没有催的原因，一是她还保持着一位有修养的作者等待稿件回音时的那份庄重与矜持，二是她对自己的稿子有足够的自信，也做好了忍耐、忍受，甚至煎熬的准备。我没有立即看的原因却有些复杂，其中之一是，此前，她的作品确实没有给我留下过于深刻的印象，虽然她也获过一些奖，甚至是如冰心散文奖这样的大奖。

　　两个月之后，我从众多来稿中打开高丽君的稿子。打开稿子后，我就再也没有放下，直到把她发给我的《粉笔记》和《录像记》读完。我得承认，我被打动了，甚至是感动了，许久许久，我还没有从她质朴而有力的叙写中脱身出来。之后，便给她发短信，让她从《疼痛的课桌》中的二十五记中再挑选二三记发我，以便验证我之前的阅读印象。稿子很快就发过来，是比前两记略长的《转学记》和《罢课记》。我照样一口气读完，这次不但心绪难平，如鲠在喉，且自觉不自觉地眼眶湿润，流下了眼泪——对，是流下了眼泪。

据高丽君讲，她的这二十五记是二十余年教学生涯的细致观察所得，可谓"二十年磨一剑"。文中见闻几为实录，又加之合理想象，非常有力地阐释了"非虚构"这种现在颇为流行的文体的个中奥义。据说出版社也非常负责，因文中所写问题异常尖锐，人物异常逼真，为避免给作者带来不必要的麻烦，故以长篇小说形式进行操作，可谓用心良苦。

我没有读过全部书稿，不敢妄说，但仅就我读过的这四个章节，我敢断言，这部饱含作者丰沛情感的潜心之作，必将给校园，给教育界，甚至是"非虚构"这种文体，带来非同一般的摇撼与冲击。

《校园四记》的故事生动、曲折、可感可触，就像精心构写的一篇篇短篇小说，完全可以用引人入胜来形容。它来自现实，又显得完整紧凑，是客观现实与艺术想象完美结合的产物。每个故事都包裹着一个沉甸甸的"核"，这个"核"就是作者所要披露的社会现状，如《粉笔记》中对师道尊严的践踏、《录像记》中中学生性教育的缺失、《转学记》中部分家长对孩子的溺爱和校园的隐性腐败，以及《罢课记》中现阶段教育的不公正、不公平、不均衡，触目惊心，读来让人心灵为之悸动。

书稿对四位老师的刻写也可圈可点，看得出，作者对自己笔下的人物非常熟稔，就像写自己的一群朋友一样，几乎个个都可以走进他们的内心。这样一群生活在校园一隅的人，每个人身上都保留着知识分子那种特有的可爱、悲悯与执拗。他们或勤勉，或善良，或富有情怀，或循循善诱；他们是立体的、多面的，又是丰盈的、令人可信的。

据作者创作谈所写，完成这部作品时，她试图"跳出来"，以一个"旁观者"的身份进行冷静的摹写。但由于强烈的情感因素所致，字里行间还是能让人感受到那种逼人的、浓郁的悲愤、幽怨与无奈。

当然，最让人感佩的还是作者那种直面现实的果敢与勇力——不回避、不矫饰、不隐瞒、不妥协，面对现实，真诚书写，这或许就是作者获得成功的最大秘诀。

第三辑

闲话季栋梁

　　季栋梁的老家其实在甘肃环县。那个地方我没去过，但我知道它与宁夏同心最偏远的几个乡镇接壤。宁夏够偏远了，同心够偏远了，但它比它们还偏远，可见它的境况比西海固也好不到哪儿去。正因为出身之地都偏远、苦寒，季栋梁便与宁夏西海固作家更为接近一些。事实是，季栋梁以西海固人的身份写了许多作品，而且这些作品曾被许多选刊或选本选载过，如短篇小说《西海固其实离我们很近》、系列散文《走进西海固》等。

　　就像陈继明一样，季栋梁虽然生在甘肃，但上大学、工作、娶妻生子均在宁夏。几十年时间过去，有意无意中大家都觉得他就是宁夏本土人。其实，季栋梁甚至比宁夏本土人还"本土"，因为他在宁夏许多地方待过，耳濡目染中口音里便有了固原味、同心味、灵武味，到银川后，又有了银川味。他的口音能随时随地转换，见什么人说什么话，这就使得季栋梁的朋友比一般人要多一些。

　　在未见到季栋梁之前，我曾经多次揣摩过他的生身之地，我想那里肯定与我的老家差不了多少——村子在山里，地在洼上，村道上跑着鸡猫猪狗，村舍茅屋间有庙、有麦场、有戏楼。小时候上学，教室肯定都是土坯房，夏天漏雨，冬天透风，一场大雪过后，窗缝里溜进来的寒风能把人冻个半死。从小学到工作这段时间，每年假期都要帮家里放牛、放羊、割麦、扬场、犁地——当然，所有这些揣测的依据大都来自他早期的作品。

季栋梁早年的作品和西海固作家极其相似，有一段时间，他也醉心于写窑洞、写老人、写村庄、写贫穷、写苦难，写自己早年间经历的种种，而且他的写法也是中规中矩，不漫不溢，以致许多论者一度稀里糊涂将其作品纳入西海固文学的版图而详加分析。但大家又很快发现，其实季栋梁并不老实，乡村、乡土之外，他还写小镇、城市，他所写的人物也从老实巴交的各色农民逐渐扩展到打工者、小老板、出租车司机、下岗女工、包工头、商人、屠夫、小偷、乡镇干部等，而且这样题材的作品几乎与他写乡村的作品数量大致相当。这就使本土的一些论者很为难，觉得将其归入乡土文学或城市文学中的哪一方阵营都不是很恰当、很适宜，于是只好听之任之，静观其变。

对于季栋梁的创作，评论家为难，朋友之间也不好说，但刊物的编辑才不拘泥于这些，他们总是信守着这样一个行内最大的规矩：不管什么题材，只要你写得好，写得出彩，我们就给版面、就发。于是季栋梁的作品开始飞鸟出笼，后来几成遍地开花之势，国内各大刊物都能见到。

作品一多，大家开始慢慢注意到，原来季栋梁作品出彩之处并不在写农村或者写城市，而是不管写什么，他都能写得有滋味、有气息、有韵致。这就是所谓解决了"不是写什么，而是怎样写"的问题。

与西海固作家或者宁夏其他作家不同，季栋梁一开始就不是那种传统的、精雕细刻式的写法，而是趋向于轻松、轻巧、好读、意象密集。这种写法以呈现原生态的方式，不厌其烦地罗列生活中的琐屑细节，让人物在"一地鸡毛"式的"些小微事"中显现本性，从而达到作者"写生活"的目的。这种写法因与简洁、蕴藉等传统作家所倡导的传统写法有所区别，曾一度遭到来自方方面面的批评与质疑。但它的生命力异常强大，并因为契合了现代人对小说阅读的某种感觉需求而大受追捧。这种翻新了"三言二拍"等旧小说的写法，后来被一些论者美其名曰"新写实"。

《追寻英雄的妻子》之后，季栋梁用这种写法创作了一大批深受编辑、读者以及各大选刊青睐的作品，如《小事情》《正午的骂声》《觉得有人推了我一把》《郑元，你好福气》《良人李木》《黑夜长于白天》《钢轨》《我与世界的距离》等，并在选本的排位中往往与国内一线名家并驾齐驱。

我与季栋梁认识，是在自己也写了一些东西之后。那时宁夏文学阵营中的六〇后崭露头角，开始起势。为了延续这种好势头，《朔方》杂志与宁夏作协的老师们采用"请进来，走出去"的办法，多次举办各种笔会与培训班，让这帮经常写东西的朋友能时常见面，一来二去，大家开始熟悉并交往起来。

季栋梁是大家较早熟悉起来的一个。季栋梁之所以引起大家的关注，首先当然是创作，他那时已发表了一定数量的作品，区内获奖不说，还有数篇作品被选刊转载，这在20世纪90年代初的宁夏文坛是很了不起的事。其次就是他喜欢讲段子。季栋梁的段子很多，张口就来，不管投不投脾气、现场氛围对不对，只要能聚集那么三五人，他的段子准会开讲，而且一讲一大串，直到大家听得满意为止。我经常碰到他在饭桌上给大家讲段子，讲完一个，他总要抽一根烟或吃两口菜，这时有人怂恿：再讲一个，再讲一个。他笑一笑，便又再讲一个。

其实细心的人注意到，季栋梁的段子，有些是从书上看来的，绝大多数则是他从日常生活中得来的。他的段子往往带着现实生活的气息和民间智慧而使听者入迷，过不了多久，这些段子又会出现在他的小说或散文中，或为情节，或为他塑造人物的一部分。

　　调到银川以后，我和老季的交往渐渐多起来，除了一些会议和文学活动，最多的是被人同时请去吃饭。老季在饭桌上的表现完全可以用"惊艳"二字来形容，不管人多人少，也不管被什么人请，老季都能迅速控制酒桌上的话语权。当然他采用的办法仍然是讲段子。而且我注意到，老季讲段子，并不在于段子本身，而在于他的讲。同一个段子，其他人讲是一种效果，老季讲又是另一种效果，换言之，同一个段子，大家宁肯听老季讲而不想听别人讲，这是否又是另一种为人为文的智慧呢？

2017年11月23日

读画识人

认识沈克斌先生，算算已有些年头。那时我在报社做副刊编辑，一时兴起，设一栏目名"艺界"，打算以采访的形式拜会当地的各位艺术家。拜会的结果令人始料不及，因这些艺术家，实在存在着鱼龙混杂的现象——有一次，一位青年"书法家"竟当着我的面读不全自己书写的条幅中的唐人绝句，于是，我便对那些仅凭临一二字帖或画稿就敢妄称"家"的"艺术家"们格外警惕起来。

不久就见到了画家沈克斌。沈克斌老师那时住在文化馆后面的一栋二层小楼上，一楼住宿，二楼作画。记得他的画案有门扇那样大，上面铺了毛毡，毡上放着笔墨纸砚，似乎还有半幅刚刚起笔的画稿。我、同行的一位朋友和沈老师就坐在他的画案旁边。因为谈得投机，不知怎么就喝起酒来。我那时惊异于沈老师竟也看小说，而且谈起来头头是道。当然更多的是谈他学艺的经历和他的画作。在那里，我第一次了解了写意画或文人画的渊源，并比较深入地接触到了他的画作和艺理。回来后写了篇类似采访记的东西，叫《沈克斌和他的写意画》。

还参加过他的一次画展，时间大约在2000年，天气已有些热了。画展在固原博物馆的大厅里举办，作品挂了满满的四面墙。参观的人络绎不绝。记得那时他的画风正经历着一个大的转变——他原先画粉画、油画，甚至版画，突然拿出一大批写意画，让同行及观展者大感意外。写意画的鼻祖据说为唐代诗人王维，所谓"诗中有画，画中有诗"。那是我第一次一丝不苟地参观一个人的画展。我一幅一幅认真地看、品，果然感觉其画意趣无穷。如画荷花，他不是规规矩矩地让它亭亭玉立，或一枝独秀，出泥不染；而是画了一池子的枯枝败叶，枝枝叶叶皆墨色，斜着身子朝一边倒。你就感觉一场无缘无故的大风，忽地从什么地方吹来，令人猝不及防。于是你就想，作这幅画时，画家心里肯定有着某种不平静的东西，正慢慢咬啮着他的感情。还有鸡——极其硕壮的一只雄鸡，背身而立，羽翼深黑，到顶部时却猛然回头，且用朱红点出了它火红的冠子——阳刚之美尽现眼前。你就觉得，这个画家心里还有着某种倔强的孤傲，似乎轻易不会向某种东西低头——这明显就是一幅明志之作了。

还有过许多次的交往，交往之中谈艺术，谈人生，总感觉他心里一直在酝酿着什么，谋划着什么。果然，在过了十多年后，他又突然拿出一批画来——这次不是花鸟、人物，而是山水。在文人画中，花鸟、人物、山水是表情达意的三大永恒题材，而山水是最能表露一个人性情及心迹的东西了。李迪画过，刘松年画过，文徵明画过，唐伯虎画过，黄公望的《富春山居图》更是近几年被人们炒得沸沸扬扬的一幅山水大作。但沈老师的山水不是轻灵的，或闲云野鹤式的——他的山水用了浓重的、似乎有些化解不开的墨色。如他的《闲庭问道图》，凝重的山，铁一样枝丫纵横的高树，中间有一个小小的亭子，亭下两个小小的人似乎在低头耳语着一些什么。在这样沉重的氛围中，所谓"问道"，肯定就不是一个轻松的话题了。还有《山林古刹图》《山林秋韵图》，均浓墨，当然也有一些小巧的点染。在这些沉重得让人窒息的画作中，画家想传达给人们一种什么样的思想呢？是传统？是回归？是对现实社会的一种忧虑？还是对某种哲学命题的深层次思考？总之，这些画带给人的并不是一种轻松的或无关紧要的玩味。

陈衡恪曾论："文人画有四个要素，人品、学问、才情和思想，具此四者，乃能完善。"实在是切中要害的精辟之论。

还有人说，文人画是"超越苦闷人生，重返自然的慈航"。此论用在沈老师身上，是否恰当？是否有些言过其实？

看过这些画不久，我就见证了画家及画家的朋友们的一次小小交锋。交锋是在一个轻松的氛围中进行的，但大家的话题并不轻松。大家都在谈论沈老师的新作。一个朋友指着画说，他就不能画得空灵一些、疏朗一些吗？这么黑乎乎的一团东西，挂在家里谁喜欢？谁在家里挂呀？而且构图还这么满，画得这么吃力。接着列举身边的某个画家，轻轻的几笔，名也有了，利也有了，何乐而不为？话音未落，画家的另一个朋友站起来严词反驳，画家也要表达自己的思想、自己的诉求，不能光为了卖钱而画画——同样列举了几个古今中外的大画家，如某某、某某，一生努力作画，活着时不被人们看重，死后其作品却大放异彩。之后讨论作画与卖画之间的关系。讨论了几个回合，先前指责的那位朋友突发高论："你说画家要表达自己的思想，表达什么？说白了，这不就是一张画吗？如果你不往上涂这些颜色，它不就是一张纸吗？"

此话一出，现场一时有些沉寂。

是啊，这不就是一张画吗？你不往上涂颜色不就是一张纸吗？

我看见旁边就座的两个朋友蠢蠢欲动，似乎有站起来反驳的意思。我也有反驳的意思。我如果反驳，会这样说："鲁迅面前摆着一张纸，在没落笔之前，它就是一张纸，一张普通的白纸；但在落笔之后，它就不单单是一张纸了——它就是《祝福》，就是《伤逝》，就是活色生香的《阿长与山海经》。"

但我终于没有表达——没有表达不是我没有勇气，而是我与这位朋友之间不熟。

最后，我看见沈老师笑眯眯地（他总是笑眯眯的）、委婉地表达了自己的观点——每个画家都有自己的画风、路子，一旦形成了，并不是说变就能变得了的；如果轻易改变，那或许他画的也就不是自己了——为钱画画没错，为艺术画画也没错，二者不要相互苛求。

言下之意是，我已经认准了这条路子，我也就一直这么走下去了。

沈老师的话让交锋重回到了原点。

这时大家感觉到，这位画家，并不是只有独特的画技与画风，他还有自信、坚定，以及一个人久经历练之后的宽容与豁达。

2013年12月10日凌晨

忆稿谈余

　　小的时候，我曾在尹文博先生老家所在的东坡村读过一年初中，他那时已是一名中学教师，英姿勃发。他家和我家只一河之隔。那时候，我总觉得他们的庄子要比我们的庄子漂亮、富庶。我们的庄子在河西一座古城的下面，依山傍河，样子有点"不山不川"，而他家所在的庄子则平展展地躺在河东的川道里，穿村而过的西静公路给那里带来了无限生机。他们的庄子旁边有座水库，春夏季节，一渠清水哗哗流来，令周围庄子的人们大为羡慕。他们的庄子有学校，有碧绿的麦田，还有一棵挨一棵高大茂盛的柳树。远远看去，这庄子似乎总在悄然而处心积虑地孕育着什么。

　　据我所知，尹家在东坡村算是个大户，他的祖上是地地道道的"书香门第"，两个曾祖曾为前清秀才，到了祖父这一辈，虽屡试不第，但也练得一笔好字，写得一手"八股"妙文。现在看来，他幼年所受的那些启蒙教育，大多来自他这位落第不仕的祖父。在他的第一本书法集中，我看到过他祖父的晚年照片，瘦瘦高高的一个人，双手抚膝坐在靠背木椅上，眼神里充满慈祥、淡然。老人着棉袍，留向后梳的晚清发式——剪发，面容清癯，甚至有些病态，一望而知就是个早年旧知识分子。在老人留下的一本类似作业的"小楷"里，我见到过"酒色如刀"的古语，真是写得字字珠玑、飒然如刻。

169

因受祖父影响，尹文博很早就对书法产生了浓厚兴趣，小小年纪即临古帖。正楷宗法魏碑，通临《龙门二十品》，兼习草书，追摹"二王"，对怀素、子贞、于右任等诸大家的作品久习不厌。隶书钻研《石门颂》，汉简帛书皆临，此外，他对米芾的《苕溪诗》和《蜀素帖》也是情有独钟。年幼时由于家贫，没有太多的笔墨纸砚，他便将家里的院子扫净，用大毛笔蘸上黄泥汤写王羲之名篇《兰亭序》，一时传为美谈。大学期间，师从著名学者袁伯诚先生。袁先生教导他："魏碑之外，还应上溯至汉简、金文、甲骨，最后返诸唐，唐人尚法；由唐入晋，晋人重神；再下窥宋，宋人讲逸，斯可谓书也。"大学毕业后，他先后当过教师、宣传部门干部，现担任固原市文联主席职务，无论事务多杂、多忙，他都没有放弃对书法艺术的孜孜以求。我曾看过一本由中国书协编辑出版的《中国书画名家选》，在有关他的词条中称，"其书法会通精化，以现代意识构思古调作品"，并附十六字评语："枯润天成，意蕴生动，姿态雄健，大气感人。"

关于尹文博先生的书法，我曾先后写过四篇小稿，这里所记录的，都是与这四篇小稿有关的一些事情。

我最早写尹文博先生书法的文章叫《尹文博的书道》，现在看来，这篇文章的题目起得有点大了。

对于书法家，我有一个至今也未动摇的观点，那就是，无论你写哪种字体、秉承哪种风格，你一定要熟悉中国的传统文化和思想根性，不然，你的书法会变成无源之水、无本之木，最终沦为仅仅是结体写字而已。

尹文博先生喜读书，善思考，对中国传统文化有自己独到的见解，而这种思想的长期濡染又反过来滋润着他的作文与习书。一般而言，一个书法家从书写内容到艺术见地，总是会和中国古典文学有着纠缠不清的渊源。古人如此，今人亦如此。《论语》《道德经》之外，他更喜欢中国古典哲学。他有一个职务之外的头衔——北京师范大学兼职教授，可能是许多人都不知道的。他钻研《易经》，推崇佛道儒学，在近代诸大学问家中，他尤喜具有全才之称的弘一法师李叔同。在他的影响下，我也开始喜欢上了这位才华横溢而富有传奇色彩的人物。

走笔至此，我忽然想起一件数年前的往事来。那年秋天，因为单位组织旅游，大家来到杭州的灵隐寺——李叔同当年出家修行处，在看了李叔同的绝笔"悲欣交集"和他的许多条幅后，我总觉得好像在哪里见过。后来再看尹文博先生的书法作品，才知道他喜欢弘一已不是一天两天了，别的不说，就那种结体枯瘦而灵性十足的摹写，非心领神会者实不能为之。

他还有一次很少为人所知的奇遇。据说那是在去北京途中，为了排遣在火车上的漫长寂寞，他就和对坐的一位僧人——妙杰师父闲聊起来。妙杰原是五台山修行的一位和尚，曾在西安大雁塔受持传经，闲聊之间，见他对佛学多有见地，且谈吐不俗，遂引为知己，交往达十年之久。

杂七杂八叙述这些，无非想说明一个问题：在丰富思想和滋养艺术方面，他从来都是别出心裁的。

他总是把友情与交游看作是磨砺艺术的试金石。

其实，最让我感佩和难以忘怀的还是他和袁伯诚先生的交往。袁先生系山东即墨人，年轻时因被打成"右派"来到西吉，后调入固原师专，也即今天的宁夏师范学院任教，晚年又去了山东枣庄师专，2007年病逝于青岛。作为学生，他和袁先生有着数十年的交往。这种交往，不是一般意义上的传道授业，或恭而敬之，而是一种贴心贴肺的相惜与相知。以前的事情我未亲见，不敢妄说，但袁先生每次从青岛回固原省亲，多半是他邀约的。他非常敬重袁先生，每次相聚，必诗酒唱和，谈文论道。我就是在这种来来往往的温馨聚会中和袁先生认识的。袁先生雅量高致，有魏晋之风，每次来固，他必留下大量的诗作和墨宝。这其中有很大一部分就是赠予尹文博的。袁先生肯定他的修为，欣赏他在书法方面的创新探索，还不遗余力撰文推荐他的作品。很早以前，袁伯诚先生就曾赠给他十八字操行评语：清醒冷峻的理性精神，处事干练的做人素质。这在我的印象中尤为明晰。袁先生去世一年后，我们借全国书市去过一次青岛。我记得那时正是暮春，青岛还处在乍暖还寒的特殊时节，一下飞机，他就急不可待地买了花篮和香烛赶往墓地，在凄风冷雨中叩头祭拜，祈愿祷告，其情其景，令人动容。回来后，我曾写过一篇题为《浮山的怀念》的文章记录此事，他看后并未多说什么。或许他觉得，一个人对另一个人的怀念，未必一定诉诸笔墨，一旦落成文字，那情形多多少少就有些走样了。

我们有许多观点会不谋而合。更多的时候，我还是乐意倾听他那些关于道德和思想的宣讲。当我处在彷徨或犹豫之中时，他书佛语"境由心造"以鼓励，这一横幅至今还挂在我家的客厅里。今年5月，我儿子参加全国高中生访日友好交流团，临行前，他书唐张继《枫桥夜泊》以赠，没想竟被日本早稻田大学高等学院作为艺术珍品收藏了。

在固原日报社编副刊时，我们曾开过一个名叫"艺界"的栏目，目的是想以访谈、通讯或随笔的形式，向外界介绍固原的书法家、美术家。为了能在采访中不致因太外行闹笑话，我便提前找了些书法和美术类的书来读，这一读，竟有些意想不到的收获，从而对自己将要采访的对象们恭敬起来，尤其是书法家。确切地说，在未读书之前，我对书法家的认识仅仅限于结体写字、装裱上墙而已。但读书之后，才觉得自己真是浅薄，真是孤陋寡闻。

那之后，我就曾小心翼翼写过两篇短文：一篇是有点漫谈性质的《杂谈有感》，一篇便是关于他的专访《速写尹文博》。

写《速写尹文博》时，我已在《固原日报》副刊待了七八年。那年春天，我突然感到莫名其妙地烦躁起来。我烦躁的原因有些让人说不出口：觉得自己辛苦写作十余年，竟没有一家出版社为自己结集出一本书——现在看来这想法真是幼稚——但当时这想法是那样强烈而持久，它就像一篷破地而出的野草，一旦见了天日露了头，就再也由不得野草本身了。

于是就去找他谈，而他那时竟也有着同样的想法。其实这想法仅仅酝酿了几个月就变为现实了。2005年春天，我们决定自费出书。我们常常一整天都泡在酒吧里，商量即将要出的书的封面、版式，甚至内页文字的字体。我们暗下决心：既然是自费出版，便不接受外界的一分赞助，即使这赞助是善意和无条件的——后来证明，这样的做法纯粹是自己给自己找难受。经过多半年时间的努力，我们的第一本书就这样诞生了。集子出版后，我们所做的第一件事便是为对方签名留念，并盖上印章，以纪念这件在外人看来似乎是不可思议的事情。

集子出版时，我的那篇随笔式的《速写尹文博》被他作为点缀收录其中。

在那本集子里，我再次感受到了一个"不一样"的书写者。因为那本集子不独装帧精美、内页设计与众不同，且每幅作品下面的小字注释也给人耳目一新之感。这本集子出版不久即获当年全国书市的装帧设计大奖。之后，我和古原、单永珍、杨建虎在报纸的副刊各写了一段话，以表达对他书法的偏爱与支持。我那篇文章的题目叫《空灵与拙朴》，寥寥数百字，虽语言浅显直陋，但确实也是当时的一些真切感受：

　　这是一本印制精美的书，即使不懂书法的人，也会爱不释手。从封面到内页，从版式设计到色彩搭配，无不显示了出书人的匠心独运。固原城是个文化味很浓的地方，这种氛围的营造，很大一部分应归功于书法，而书法上升到艺术的层面，就不单单是结体写字了。从这本书中，你完全可以体会到一种叫思想的东西竟然可以巧妙地融入狼毫墨池中。书的封底的一个"意"字，也许就传达了作者的这种书法理念。

　　这本书的另一个特点是，在书法旁边配有一些释文，这些释文不但记录了作者创作时的境况、情绪，也表达了作者对书法的见解和体悟。我想对于一般读者来说，这些释文无疑是一条条很有吸引力的启蒙法则。

　　书法艺术很古老也很年轻，历史上涌现出的大家可谓层出不穷，而大家的出现，无不与"创造"二字紧密相连。临摹古人而无创新，我想仿得再像也不会有大出息，从这个意义上讲，他的书法应该属于品级较高的艺术。有时，看他的书法会有种读小品文的感觉，这就使人觉得那一个个怪异的汉字不但空灵、拙朴，而且张弛有度。我总觉得，书法的最高境界绝不仅是字写得好，还应有思想、理念，这就是为什么《祭侄文稿》随意至极而又流芳百世的秘密所在。

　　书法和其他任何艺术门类一样，有感悟，有灵光一现，更有着非同常态的呼吸与味道。一个独特而有个性的书法家，一定是身怀异秉而又韬光养晦的。要想靠近他、了解他，你不但要阅读他的作品，熟悉他的性情，还要对他经历中的品格构建和家传渊源相当熟知。

2007年之后，尹文博先生开始忙碌起来，因为这年他被任命为固原市文联主席。这在他的职业生涯中是件极其重要的事。上任伊始，他就做了许多件引人瞩目的大事，表现了他一贯做人做事的干练与大气，并使本部门在市委、市政府的年度考核中成绩逐年上升，最后取得第二名的好成绩。这不禁又使我想起了袁伯诚先生曾赠给他的十八字评语。之后，他又策划出版了12卷本的《六盘山文化丛书》和5卷本的《六盘山民间故事》，并于2010年5月成功举办了第三届西海固文学研讨会，在社会各界引起强烈反响。

这期间，他的书法创作也日渐精进，在灵异和奇古之外，又多了些不易察觉的洒脱与大气。更为难得的是，在2009年办完自己的书法个展后，他毅然将自己的100多幅书法力作捐赠给了"中国书法之乡"隆德县，令业界刮目相看。感佩之余，我便顺手写下一段赠语给他，没想到竟被他作为"书展寄语"一同展出了。

书法家搞书展，就如同作家出集子，有小结、展示自己的意思，也有审视和自我批评的因素含在其中。尹文博的两次书展（第一次在1999年9月），日期都选定在庆祝中华人民共和国华诞之际，其人生抱负和意义指向不言自明。而相隔十年后，他的艺术了悟与人生见解自然又有分野。叶圣陶曾论李叔同书法云："所谓蕴藉，毫不矜才使气，功夫在笔墨之外，所以越看越有味。"可见书法并非结体写字而已。我之所以喜欢尹文博书法，除了其独特而古意深蕴的表象之外，大概其源于古人而不拘泥于古训的理念在中间起了很大作用。固原市文联主席的经历，使他的作品在视野上有了更为开阔的变化，而作为北京师范大学易学会的兼职教授，又使他的作品有了飘逸脱俗的味道。他的书法作品源于"耕读传家"的家学，而进步于后来自己孜孜以求的了悟。他的书法作品平淡、恬静、冲逸，很像一篇篇语句清丽的小品文，又似一首首意境阔远的古体诗。他的书作，不追求细枝末节的完美，而擅长营造整体和谐的艺术效果。一句话，对古典文学的热爱和高雅恬静的人生修为，不但使他的书法作品耐看、耐品，且使他在艺术境界上有了一定的开拓和精进。适逢中华人民共和国六十华诞之际，唯愿他的第二次书展成功，也祝愿他对"中国书法之乡"隆德县捐赠的义举有一个好的结果。

2010年5月，他的第三次书展在固原博物馆举行，因为参加其他活动的原因，我也有幸看到了这次书展。书展照例取得了圆满成功。在偌大的展厅，我看到参观的人来来往往，络绎不绝，有一些人还是从远处专程赶来参展的。有人送来祝贺，有人送来鼓励，每句话都说得热情洋溢、暖人肺腑。有一刹那间我想，无论人们的生活变化多大，日子过得多么富有，对于属于一个民族根性的艺术，人们的内心深处还是需要的、渴求的。

于是想起了他常提到的两句诗：久恨无诗吟七步，每惭写纸废三千。

又想起一位教授写给他的赠语：人生有一技之长留于后，便不为虚生。

我与《朔方》

  我与《朔方》第一次亲密接触是在1991年。那年夏天，我和同被分配在西吉县兴隆中学的古原一起学习写作。我们发表作品的主要园地是《六盘山》和《固原日报》副刊，偶尔接到用稿通知，或有一星半点文字印成铅字，便激动得整宿整宿睡不好觉，脑子里能把那些文字过几遍。那时文学在我们眼里既神圣又庄严，似乎我们在干着一件秘而不宣的大事。记得那时县城里也有一帮弄文学的，不知怎么，他们就办了一本内部刊物《葫芦河》，油印，有时还手刻，是本构架和正式刊物一模一样的杂志。有人约稿，我们便写。我写的第一篇稿子是有点不成样子的短篇小说《傻子的故事》。约莫半年，竟印出来了，同时带来了一个让我睡不好觉的消息，说《朔方》的老师来西吉开改稿会，看了《葫芦河》，点名要见见《傻子的故事》的作者。我大喜过望，竟连假也未请就直接搭班车上县城，虽未见到老师的面，却记住了一个名字：潘自强。我赶忙遵嘱将稿子依原样誊了一份，寄了出去，记得当时还把"潘自强"错写成了"潘志强"。不久就收到了老师的回信，斜斜的字体，写了大半页，指出了作品的不足，也写了许多期望鼓励的话。后来，当我得知潘自强老师当时已是《朔方》常务副主编时，我的感动和感激是经久不息的。虽然至今也未见到他的面，但那封字体斜斜的回信，却让我像珍存至宝一样珍存了下来。后来，也就是1992年1月，我的第一篇有点样子的小说《醉社火》经他推荐在《朔方》发表，责任编辑是同样未曾谋面的李春俊老师。

此后，我就开始了自己有点没有出息的文学写作，虽写了百十万字，但作品大多还是在《朔方》发表。记得那时每有作品刊用，责任编辑都要寄一纸刊用通知，虽寥寥数语，却给人莫大激励。收到这样带有老师性情志趣的手写短信，我的心情会莫名其妙亢奋几天。我收到过许多封这样的刊用通知，有吴善珍老师的、陈继明老师的，还有漠月老师的，当然，收得最多的还是陈继明老师的。陈继明老师那时似乎在练书法，编完稿子后，顺手在桌边拿过一页毛边宣纸（有时也用方格稿纸），写下核桃大的刊用通知，总让人感觉这篇作品要引起什么轰动似的。我们也谈写作。谈的什么业已忘了，但他那种悠悠而犀利的谈锋令人至今难忘。他往往能够一针见血，三言两语即可点透一个主题，让听的人大有醍醐灌顶之感。看来，他由名作家到名教授，确是有一定道理的。

聆听到冯剑华老师的教诲，也是很多年前的事了，一到固原开会，她必定抽空来会会大家。有时在会上发言或到高校演讲，除了鼓励之外，她一定会逐一点评大家的近期表现，准确而中肯。有时有人从银川出差或开会回来，说，冯老师这次又表扬你了。一句话会让人温暖好一阵子。其实，凡宁夏的青年作家们，或多或少都受到过她这种无私的提携与勉励，大家在私底下谈起来，无不崇敬而感佩。

与《朔方》交往经年，渐渐地就与各位老师成为朋友了。记得那时一有活动，大家必养精蓄锐，等待开完会后与《朔方》的老师们推杯换盏。尤其是杨梓和漠月，只要他俩过来，大家一定会像失散多年的弟兄那样聚会一次，而席间的吵闹醉态，又会是下一次聚会时的噱头与伏笔。

作为写作者，或许每个人的心里都珍藏着这样一连串的名字，这些名字会像附着在人灵魂上的露珠一样晶莹剔透。

想着这些名字，就感觉自己的心里隐隐地有了一种责任。

我与《六盘山》

与一本刊物的交往，其实是与许多编辑的交往，而与编辑的交往，说起来就有些复杂了，弄不好有道人短长之嫌。好在自己与《六盘山》，自一见面就是真诚的、牢靠的、贴心贴肺的，如此一想，便有些释然：对于这样的一种交往，无论说什么，我想她都是不会计较的，即便是说三道四也罢。

于是就想起了一张张清晰的面孔，和那一个个久已熟知的名字。

想着那些名字、那些面孔，往昔的日子竟像砝放整齐的图片一样纷至沓来，真让人有恍如隔世之感。

掐指一算，与《六盘山》之间的交往，竟断断续续有二十年之久了。也就是说，从自己开始学习写作起，从来就没有离开过她的帮助、她的提携，以及她无微不至的眷顾。每念及于此，都不免让人汗颜：对于写作而言，自己多多少少还是有些辜负了她的期望。

1

第一次看到《六盘山》，是很多年以前的事了，依稀记得那时还在读中学。究竟在什么时间，什么地点，却怎么也想不起来了。总之，一看到她，就喜欢上了她。她那时的样子和当时的大多数刊物一样，相貌是憨憨的，质朴、纯粹，充溢着浓浓的乡土气息，一拿到就让人有爱不释手之感。更要命的是，在见了她之后，竟莫名其妙刺激了自己的另一根神经：我也开始向她投稿了。

于是，从那时起，一种梦魇般的日子就来了。

你完全可以想象这样一种场景：一个还没有解决温饱问题的乡下孩子，背着个破旧书包，耷拉着脑袋，一边在放学回家的路上踽踽独行，一边漫无边际地构想着一些虚幻的事情。他显得是那样的痛苦而甜蜜，似乎在酝酿着一些秘而不宣的大事。晚上，在家里人都熟睡了之后，他就悄悄爬起来，借着油灯，用一支用久了的钢笔在毛边纸上把白天想好的句子写下来，之后，再用方格稿纸抄写一遍，写好信封，投入信箱。这样的情形一直持续了数年。而在这数年间，他所写的那些所谓小说、散文，连一个字眼儿都没有在刊物上出现。

当然，这样的场景在许多人身上都曾演绎过。

一般而言，由读者而作者，是再自然不过的事情，但由写作到发表，却是个漫长得有些惊心动魄的过程。

写作之初，大多数人都要吃一吃无名作者的苦头，一篇又一篇的退稿，足以把一个人的信念打垮，到最后，一看到有一封鼓鼓囊囊的牛皮纸信封又摆在自己面前，心里甚至有做了错事而羞于见人的不堪之感。

但最后总算收到了一封薄薄的来信，却不是用稿通知，也不是那种印制统一的退稿信。这是一封没有署任何名字的编辑来信，隽永，清雅，写在一片巴掌大的信笺上：

火会亮同志：大作收悉，恕不刊用。从来信来稿中，看得出你非常烦恼，也非常焦躁。文学是一个人一辈子的事情，不是一蹴而就的。希望你多读书，多练写，争取在文学上有大的出息。此致敬礼。《六盘山》编辑部。

最后是落款的具体日期。

我把这封数十字的短信看了有几十遍。我揣度着信中每一个字的语态与含义，最后得出了这样一个结论：看来，我把老师给得罪了。因为在此之前，我曾在投稿的同时，附了一封颇有些不满情绪的短信，信的大意是，数年间，我给贵刊写了几十篇"作品"，竟无一字面世，这也罢了，主要是在每一次退稿时，除了早已印好的退稿函，从未收到过一封贵刊"说明退稿原因"的"指导性信件"，据此，我怀疑贵刊根本就不看无名作者的来稿，良心何在？当然，信发出去不久自己就后悔了。但我没想到贵刊反应如此之快。看来，自己前面的各种臆测真是冤枉了贵刊。于是就忏悔，就揪头发。后来还是静下心来把那封短信又重新品咂了一遍。而这次品咂的结果使自己有了更进一步的认识：很明显，"大作"二字是含了嘲讽之意的，而"恕不刊用"更是体现了老师的不满和怒不可遏，但紧接着，老师还是用了语重心长的话进行了谆谆教诲——"文学是一个人一辈子的事情，不是一蹴而就的"，这话说得多好；而且老师也已委婉指出了自己日后努力的方向——"多读书，多练写"，这样才能在文学上有大的出息。

这封短短的退稿信一直被我精心保存至今。

数年后，我去固原工作，在与《六盘山》的老师们混熟了之后我才发现，原来写这封信的不是别人，竟是久已知名的编辑家任光武老师（是亲眼见了他写的字才确定了的）。

后来，我曾在一个很轻松的场合提及此事，任老师竟已想不起来了。

"那时作者来稿太多，有时几天就能收一摞子，真是来不及个个都回复，有时看着那一沓沓稿子我就发愁，我想，真不要把人家的前

182

途给耽搁了啊。"任老师一边说，一边很认真地看我。

那时我真是后悔得要死。

我干吗要莫名其妙提及此事？是秋后算账？还是要给老师难堪？是阴暗心理作怪？还是要寻求一点点泄愤的刺激？总之，这次有些小人得志式的谈话使自己内心大惭。

但任光武老师从来没有把此事放在心上。

在后来的日子里，他不但一如既往鼓励我写作，还通过别人的口转述了对我一些作品的赞扬与肯定。

转眼间，任光武老师已离开我们十年之久了。当写下这段文字时，我的眼前不禁又浮现出他那清癯而久承病痛的慈祥面容。

此时此刻，迢迢星河，银汉横亘，默默祝祷，聊慰我心。

2

我在《六盘山》发表的第一篇作品是一篇散文，题为《故乡的小河》，光听名字，你就知道是怎样一篇文章了。那的确是一篇纯正的、抒发自己故土情怀的小文。写作时间当在我高考之后在家等待成绩期间。确切地说，那应该是《六盘山》的一次征文活动，当时不知怎么得到的消息，总之是写了，写了也就完了。经验告诉我，奢望获奖和等待发表是同样愚蠢的。于是，在上了大学不久我就将它彻底遗忘了。但这次它再也没有辜负我。它不但获得了那次征文比赛的三等奖，且文章也在某一期《六盘山》"征文小辑"的头条位置刊出。我欣喜若狂。关于那一天的情形，我曾在创作谈之类的文章中提及。因为印象太过深刻的缘故吧，至今忆及仍觉历历在目。更为幸运的是，它还使我获得了那一年中文系的单项奖学金（即创作奖），奖金为40元人民币。在20世纪80年代中期，40元可不是个小数目，它相当于我近两个月的生活费。在领到奖学金的当天下午，我便提了饭盆直奔宿舍楼前面的学生食堂，毫不犹豫要了一份红烧排骨，一边在食堂的某个角落大快朵颐，一边在心里默默感念着远在数百里之外的《六盘山》。

3

我认识的《六盘山》的第一个编辑是作家王漫西。那时我刚刚大学毕业，被分配到西吉县兴隆中学任教。一天中午，古原有些兴奋地跑来告诉我，《六盘山》的王漫西来了，是来看我们俩的。王漫西，我一边默念着这个熟悉而又陌生的名字，一边在心里迅速温习了一遍他那时已为许多人所熟知的优秀短篇《野山情》《杂花儿》《包红指甲的女人》，尤其是他刚刚发表在《六盘山》上的报告文学《洪水从秋天走过》，刚刚读过，口有余温。我急不可耐地随着古原赶到他的宿舍。漫西兄那时三十出头的样子，方头大脸，面色红润，一望就知是个极有派头的人，而他纹丝不乱的发型和那件灰色的风衣一下子就把他和我们这些面黄肌瘦的老师们区分开来。在古原的宿舍，我们一边闲聊，一边交换着彼此对文学的一些认识。而事实上，基本上是他说，我们俩听。对于写作，他那时已然有了一番深切的谋划和体悟，谈起来自然有些不同。记忆最深刻的是他所谓"读书不要光看句子，也要关注结构"论。很显然，他和古原很熟，而古原所说的"老师来看我们俩"，无疑有着善意的照顾和朋友之间的抬举。后来，我们骑着自行车去古原老家吃了午饭；再后来，漫西兄就离开我们去了西吉。

半年之后，我的小说处女作在《六盘山》发表，题为《羞与人言的故事》，虽短短五千字，却发的是那一期的头条。这使我在无望的写作中似乎抓到了一根救命稻草。

写作能消磨一个人的意志，也能使一个人的精神内里无限扩大。在几近枯燥的日子里，写作就像一只藏在内心深处的小手，只有它的轻轻拍打才能安抚我们躁动不已的灵魂。

也是因为写作，我和古原同时从西吉兴隆中学调到固原日报社。

在报社当编辑期间，我和《六盘山》之间的关系渐渐密切起来，而那时自己的写作也有了一些起色。那时，隔一段时间，《六盘山》就要举办一次以文学为名义的聚会，这使那时正在起势的六〇后和七〇后们得以有机会经常见面、热谈。此外，一些思想敏锐的人正在酝酿给这帮写作的人一个名分，即后来被人们热议的西海固文学和西海固作家群，始作俑者正是王漫西兄和左侧统兄。关于那次命名的初始，我曾在一篇名为《有风的早晨》的文章中详细记录过，可惜并未引起太多人的注意。人们记住的，只是漫西兄在《六盘山》搞过的一期"西海固"同题散文专辑，和闻玉霞做过的一期"固原青年作家作品小辑"。

4

在《六盘山》，我认识的另一个老编辑是散文家李成福老师。李老师那时五十出头，中等身材，微胖，每次见面，他的脸上总是挂着让人温暖的微笑。他总是穿一身藏蓝色的四个兜的中山装，脖子底下的风纪扣扣得极严，有时戴帽子，有时不戴。不戴帽子的时候他像个乡绅或中学教师，戴帽子的时候，我无端地感觉他极像写出了《小二黑结婚》的山西作家赵树理（其实相貌相去甚远）。在我认识的老作家中，李老师是最具隐士品质的一个人，他从来都是不急不躁，不紧不慢，想写时，写两笔，不想写时便聊天清谈，或读书品茗。他的散文虽数量不多，却篇篇韵味十足，最让人难以忘记的是他的长篇散文《大先生》，万余字的篇幅，写活了一个早年间有良知的旧知识分子形象。

在我的印象中，李老师是极向往田园生活的，他有着一个乡土作家所具有的一切生活习性，喜欢穿布鞋，吃浆水面、荞面搅团，还喜欢年头节下到老家耍社火、说仪程。他擅长写仪程、快板，据说还写过一些非常适合在乡下演出的说唱小戏。在他的所有"田园生活"的计划中，有一个由家族"公家人"出资的教育奖励基金，是他最为津津乐道的。或许，在他的骨子里，传统文化和儒家思想才是一个知识分子最重要的立身之本。

李老师还有一个许多朋友都知道的喜好："掀牛九"。这是一种很多人都会玩的纸牌游戏，年轻人早就不玩它了。但由于李老师的热爱，不知怎么就在编辑部掀起了一个小小的高潮，如杨风军、李方、单永珍等都是这方面的高手，而且李老师还根据他们的年龄大小分别冠以大徒弟、二徒弟、三徒弟的称号。我去了之后，"师徒"四人立即热情相邀，关门闭户，速移桌凳，于无声处进行一场悄悄的搏杀。李老师的原则是，赌资不能过高，且只出不进，目的是在中午凑一顿饭钱。之后他就明确宣布：本人绝不参与，只做现场技术指导。随后，不消一个时辰，一顿丰盛的羊羔肉钱就凑齐了。

5

20世纪90年代，一批更年轻的编辑开始陆续调入《六盘山》，他们的身份无一例外都是作家、诗人，"写而优则编"，这与中国其他地方的纯文学杂志极为相像。因为有了他们的加盟，《六盘山》开始变得前所未有地活跃起来。他们的名字分别是：郭文斌、闻玉霞、单永珍、杨风军、李方、李敏。确切地说，他们既是西海固文学的摇旗者，也是西海固作家群的中坚，其中部分人已冲出宁夏，走向了全国。我与他们之间的故事，几乎每个人都可以写一篇文章。

我和文斌是初中同学。我们的老家同属西吉县将台堡，两村相距仅20里之遥。或许因为那一片土地的原因吧，我们很早就开始喜欢写作，且经常相互鼓励。他是极具文学天赋的一个人，由于作品和个人魅力使然，他的身边总是聚集着一帮歌迷一样的追随者，尤以大中专院校学生为甚。在他主持刊物期间，《六盘山》一改过去传统的四平八稳的风格，而变得格外活跃起来，最明显之处就是增加了一些以学生作品为发表主体的栏目，这给那些热爱文学而苦于无处发表的莘莘学子提供了一块风水宝地。如果我没记错的话，他所编的作品第一次使《六盘山》通过《小说选刊》进入全国读者视野，并因此使自己的作品迅速走向更广阔的舞台。他的第一本散文集《空信封》就是在那时出版的，且一版再版，同时还发表了自己的第一部非虚构长篇《第三种阳光》。这与他后来以辛劳写作终于推开中国文坛大门几乎遥相呼应。文斌不抽烟，不喝酒，属于女人眼中理想的好男人。那时，我们对文学非常虔诚，坐在一起基本上"三句话不离本行"。记得有一次，不知怎么我们就深谈起来。那时正值隆冬季节，坐落在固原供销社大院里的编辑部更像个偏远地区的乡政府。在他的那间逼仄的小房子里，我们围着火炉一边聊，一边喝茶。一会儿，不知他在哪里弄到了一瓶扳倒井，这令我大为感动，因为平素他基本上滴酒不沾。他很快找来了两个权作酒杯的瓶盖，你一盖，我一盖，直喝到大家酒酣耳热，这使得我们那天晚上的谈话颇有些"青梅煮酒"的味道。后来，推开屋门，一场不期而至的大雪竟把山城覆盖得严严实实，人走在街上就像走在精心布置的幻境里。

相比较而言，闻玉霞更像个地地道道的职业编辑。其他人基本上是"半路出家"，她却是大学一毕业就幸运地进入了编辑部，与当时已很有名的老编辑们同室共事。由于多年职业生涯的历练，她逐渐养成了严谨而温婉细腻的做事风格，而良好的职业素养又使她善于在茫茫"稿海"中披沙拣金。在她任编辑部主任期间，《六盘山》风格大变，一是好稿越来越多，二是版式设计更趋成熟。那时，如果把《六盘山》和一些省刊放在一起，真还说不出到底谁比谁高多少。本来，她完全可以自己写出漂亮的文章（这有她零星发表的一些文字为证），但由于责任使然，她把主要精力都用在了编稿上，并因此赢得了作者和同行们的尊重，这在宁夏的文学期刊中似乎达成了一种共识。在我的印象中，她的细心和认真也是出了名的。记得一次她编"胭脂峡笔会小辑"，我写了一篇很有些"愤青"味道的随笔，题目叫《一些闲言碎语》，发了那次笔会的一点牢骚。由于受当时糟糕心情的驱使，我在文字中竟把主办方点名调侃了一番，稿子发出去后，自己有些后悔，觉得不该这样冒失，正要找她，却已收到她寄来的样刊，展开看时发现，我所担心的那段文字已被她巧妙地处理掉了，这让我对她很是感激了一阵子。现在，在离开老家的数年间，她正在用自己的才情打造另一本更有冲击力的文学期刊——《黄河文学》。

和永珍的交往，算算真是有些年头了，由于"臭味相投"，我们一开始就能够坦诚相待。他和我的经历大致相当，大学毕业后，先是在乡政府工作，后调到县上一机关单位，不到一年时间，又辗转调入《六盘山》编辑部。在宁夏、在西北，乃至在中国诗坛，他的诗已得到广泛认同。他的诗大气、硬朗，而又不失细致婉转。有一段时期，他喜欢把民歌如花儿的形式融入自己的创作中，这使他的部分作品获得了特别的韵味，犹如用通俗唱法唱经典歌曲。还有一阵子，他喜欢把一些特别的数字运用到自己的诗中，如"三十一盏命灯""三十六朵玫瑰""九十九头牦牛"等，我不知他为什么要用这些数字，但总觉得这些经过刻意编排的数字无端地给作品增添了豪气，也使诗歌本身意境更加阔远。后来，一些诗人模仿他运用这些数字，总让人感觉有东施效颦之嫌。进入《六盘山》之后，他一直主持诗歌栏目，由于有着特别的人脉，他的编辑资源总是非常丰厚，常常能约到即便是省刊编辑也难约到的好诗。他曾经开辟过一个名叫"诗歌高地"的栏目，在业界颇受好评。他得过某刊物评选的"全国十佳诗人奖"，也参加过中国诗坛最高规格的青春诗会。在第22届青春诗会举办的联欢会上，因看不惯某先锋诗人对《诗经》的亵渎上前制止，被浇了一盆洗脚水，第二天媒体铺天盖地爆炒，盛赞其为"英雄"。此后，他便更加锋芒毕露，在《新消息报》副刊发表了后来被许多人赞不绝口的批评文章《九问宁夏诗歌》。永珍是那种文字感觉极好的人。我编《固原日报》副刊期间，曾开过本地作家专栏，约到他时，他爽快地答应，轻松完成的四篇随笔，读来韵味十足，其中一篇还被当年的"中国年度最佳散文"选本收录。我们常常以"酒家"自居。有一段时间，我们就像生活在固原城里的"闲人"，呼儿将出换美酒，与尔同销万古愁。记得有一次，泾源的一位朋友热情相邀，我们安排好了手头的工作，以泾源为起点一个县一个县地拼酒，一个礼拜竟喝了整整五天，回来时蓬头垢面，衣衫不整，形同"浪人"。

与风军的相识，是从他调入《六盘山》之后开始的。或许是多年从事教育工作的缘故吧，风军总给人彬彬而谦和之感，脸上始终挂着微微笑意，让人觉得温暖、舒服。我很少见他与人争执或动粗。在《六盘山》，风军一直编散文，也是为数不多的专事散文写作者。他的散文基本上遵循着传统的路子，不温不火，不蔓不枝，把自己对生活的体悟融入极为方正的表达之中，只有细细品味的人才能得其三昧。在我的印象中，风军也一直倡导多发学生作品，由于版面过大，似乎还招来过一些非议，但无论如何，培养后续人才总还是一本地方刊物不可推卸的职责，问题的关键是怎样把握其中的度。风军为人直爽、厚道，是属于很少有毛病的那一类人，做人做事让人感觉放心、妥帖。同为农家子弟，我们有许多地方相像，一些想法也会莫名其妙地一致。与他交往，虽没有什么风云起伏、大开大合，但终究有一天，他会像涓涓细流一样走入你的心底，使你难以忘记。

与李方的相识，可以上溯到20世纪90年代初，那时我们都在文学上刚刚起步。相对而言，他的道路似乎更为曲折一些，先是在乡下小学教书，后调动进城，还是在一所小学，之后曾有过几年机关秘书的经历，但由于爱好写作，最后还是回归到编辑的阵营，一边为人做嫁衣，一边构建着属于自己的天地。他是那种个性奔放而张扬的人，随时随地都在为即将成为"明星"做准备。他写得一手好字，歌也唱得不错，不管是开哪种形式的会，如果主持者不点名或排座次，他一定会抢先发言，陈述自己的观点。如刊物或书中用作者照片，其他人一般都日常生活化，最多要求自己的形象自然清晰一点，他则一定要摆摆姿势，修饰一番。他还是一个敢于表达爱的人，别人喜欢异性只是内心翻江倒海，他则一定要诉诸言语，付诸行动，这一点颇像当年为了追求王映霞而不惜远走重洋的"风流"作家郁达夫。在长长的、二十多年的写作生涯中，他写出的各类文学作品多达数百万字，同时还获得过大大小小数十项奖励。在我的印象中，如果哪里有征文，只要得到信息他就会立马参加，而一参加必然获奖。在宁夏新闻界举办的历届杂文征文活动中，他可以说是参加次数最多的作家之一，而每次参加都能取得不俗的成绩，几乎从未失手。而我借他的光也当了好几届优秀编辑。在他所有发表过的文字中，很大一部分属短小散文，有些篇章真是精彩，读后让人久久不忘。当然，他最主要的成绩还是在小说创作方面。作为有影响的新一代乡土作家，从一开始的夺人眼目，到最后的归于平淡，他经历了一个大多数写作者必然要经历的一切。但不管怎样，他自始至终都没有放弃自己的追求，正如一篇评论所写到的，只要不断坚持，相信他终究会有一个好的结果——因为"水泥地上也能掘出深井"。

相比较而言，李敏进编辑部的时间要晚一些。当副刊编辑时，我曾经编发过她的一些早期散文，文字清新，语感灵动。中间沉寂过一段时间，近几年勤奋写作，发表了一些颇受好评的散文，使人感觉她一下子"冒"了出来。在《六盘山》，她既编散文，也编小说，正如她的为人为文一样，她正在把自己的淡淡美丽与诗意融入工作、写作中。

正因为有了这些风格各异、个性独特的编者，《六盘山》才在日积月累中逐渐丰富起来。

6

想到《六盘山》，我就想到了一个词：温暖。之所以絮絮叨叨写下这些，就是因为与她之间的那一份难忘与不舍。其实，每一个西海固的写作者，或多或少都会和我有同样的感觉。

关于《六盘山》，已有专门机构和人员对她进行研究，我想这实在是一件有意义的事情。因为《六盘山》和西海固文学之间的关系，实在是难分你我，或你中有我，我中有你。如果没有这份刊物，相信会有很大一部分人因为没有土地而难以播撒思想的种子。

在我的记忆中，《六盘山》似乎没有得过什么特别的奖励，但这并不影响她在人们心中的位置。从1984年创刊至今，30多年过去了，《六盘山》培育了几代有影响的西海固作家，成就了一种独特而生机勃勃的文学现象，这在全国众多的地市级刊物中并不多见。在30多年漫长的岁月中，经由她而与读者见面的文字，累计起来逾千余万字，这实在是一个惊人的数字。其实，在这漫长的30多年间，《六盘山》还见证了一块土地，以及由这块土地所产生的各种思想、观念所发生的巨大变化。

在这里，我并不想就《六盘山》的成绩和由她生发的深远意义多说什么。我这里记录的，只是与自己有关的一些人、事罢了。

闲话七则

之一

学习中国文学史，知道文学起源于劳动。人在劳动中的所思所感，发而为声，便为音乐；记之以文字，便成了文学。据考《诗经》的大多篇章就是如此得来的。《诗经》不是一般的作品，它是一部经典，也可以说是中国汉语言文字产生之初的一部旷世之作。细细品读《诗经》，你会觉得它真是了不起，在文学刚刚萌芽之初，它竟那么丰富而凝练地创造出了那么多的诗之精华，不由人不叹服。当然，这种叹服不仅仅止于诗歌写作或韵文的写作，对于小说而言，它仍旧是一座后辈仰止的高山。《诗经》中的文字往往是"行于所当行，止于所当止"，不含一句废话。比如描写姑娘，后世的作家几乎用尽了所有的想象，把一切美好的事物都拿来作比，但所写的姑娘就未必十分入味，而《诗经》只用一句"窈窕淑女"。"窈窕"一词用现代汉语解释似乎很含混，可理解为"美好貌"。美好貌是什么，说不清，它既不是指姑娘的鼻子，也不是指其眼睛，它只是一个模糊而所指不明的形容词，如果硬要横挑鼻子竖挑眼的话，它其实跟鲁迅先生所批评过的"巉岩"一词同样不精确、不地道。但细细品味，发现对于"淑女"来说，"窈窕"这个词是多么美妙、多么富有想象力啊。别的不说，你光是读一读这两个字的发音，便会想象出无数个自己心仪而美丽的女子来。再说叙事。叙事同样是《诗经》中为人称道的高妙之处。它的叙事不是平面或静止不动的，而总是在立体中一波三折，迂回往复，比如《将仲子》。《将仲子》其实是一首地地道道的民歌，名为寄情，实为叙事。它借一个怀春女子之口，劝情人别爬过墙头到她家来。文分三段，三段文字大同小异。大同之处在于，她总是不厌其烦地劝仲子别找她，因为她怕别人耻笑，而她所怕的别人，三段文字中对象各有不同，一怕父母，二怕诸兄，三怕邻里，虽所怕不同，却似乎重复啰唆，使人免不了有絮絮叨叨之嫌。细细品味，却发现很符合一个身居闺闱的小女子"怀春"时战战兢兢、越思越想越后怕的真切心理。小异之处在于，她劝仲子时用了三个几近重复的细节：无逾我里，无折我树杞；无逾我墙，无折我树桑；无逾我园，无折我树檀。这三个细节，却是实实在在于微妙之处下了功夫的。"里""墙""园"，其实是一个居民所住院落的三个部分，它由外到内，分别是一个院子的外墙、内墙和园墙，而所折之物也逐渐从普通的"杞"到越来越贵重的"桑"和"檀"了，一边是小女子幸福而心弦怦动的紧张，一边是小伙子大胆炽烈的勇往直前。在短短的十数个句子里，一场有滋有味的爱情被描述得如此惊心动魄，这不得不让人扼腕叹上一叹。

之二

韩愈是唐朝著名的作家，是文学史上留名的唐宋八大家之一。他不但写出了许多为后人敬仰的名篇佳作，也提出了"文以传道"这样一个文学观点。文以传道，盖言文学的功能与作用，究其实，也只是一家之言。文学的功能在古今中外的大师那里多有论述，但在中国，文以传道是一个根基很深的理论主张。因为这个主张，从事文学创作的人便把文学看得很高尚、很神圣，觉得这种以煎熬心血为代价的工作，自然要比其他肩挑手提的行当高贵得多，于是在挥洒文字的时候自觉不自觉地就要为国家和社会承担一点什么。殊不知韩愈在提出这个观点的时候，正为朝廷命官，他的许多文章其实是为皇帝书写的谏言与奏章。这个三岁而孤的人，二十五岁中进士，二十九岁入仕途，在科名和仕途上屡受挫折，静夜思之，免不了产生一些抵触情绪而想用历代圣贤教训今人。他自己也为此付出了惨痛代价。在监察御史任时，曾因关中旱饥，上疏请免徭役赋税，指斥朝政，被贬为阳山令。元和十四年（819年），他又因谏迎佛骨触怒唐宪宗，几乎被杀，幸被同僚相救才免一死。他的那篇奏章也因言诤理直被世人传颂一时。在古代，因文章被杀的人很多，但只有韩愈领悟并提出了文以传道这样一个文学主张。他的这一主张自然有大量的文学实践作为依据，别的不说，他的许多论说性质的文章如《师说》《原毁》等就为后人树立了道德文章的典范，而那篇如泣如诉的《祭十二郎文》，则成了后来抒情散文的常用教材。文以载道，不平则鸣，这其实是韩愈对自己数十年文学实践的概括与总结。细读韩愈，觉得文章之事确实不是一项简单而轻松的工作，它至少不能与后来人所说的"玩文学"中的"玩"相提并论。正因为如此，后世效法他的作家便倍感沉重，认为文章自与"经邦济世"之举同，便免不了忧心如焚、满目焦灼，想着要把一个时代思考一番、指点一番。他的这一文学主张给后世作家留下了可资借鉴的思想，但也培养了许多人自以为是的勃勃野心以及颐指气使。

之三

阅读和写作是两种相辅相成的文学行为。一般来说，写作的人大都希望自己的作品能广泛流播，供人品咂，很少有人闭门造车一生却不肯拿出一字给人看的。倘若有，那也只是凤毛麟角，是数十年才产生一个的高人。而他所写作的那些东西，如果不是见不得天日，便一定有着某些深藏不露的奥妙和玄机。有人说，文学是一种什么什么。对这话你大可不必全信。因为说这话的人正处在一种平静而温暖的氛围中，他告诉你的只是一种瞬间感觉或思考习惯。而感觉与习惯从来都是不可模仿的。有人在深夜叹息，有人在雨天激动，有人在灯下长久地皱眉拈须，有人却在东方即白之时灵感泉涌，思绪不可遏抑。

之四

因为职业的缘故，我认识了一些本地小有名气的书法家。在认识他们之前，我总觉得书法不过是写字而已，字练好了，作品自然会被人装裱一新并挂入堂室。但自从认识了他们以后，才知道自己原先的看法是多么浅薄而令人羞耻啊。任何形式的艺术都是相通的，而任何艺术要达到一定境界与高度，都不是一蹴而就或轻而易举的。文学如此，书法亦如此。有一天与某书法家闲谈，书法家告诉我说，他近些天越来越不敢下笔了，他觉得现在每写一百幅字才有一幅是自己满意的。听了这话以后，我第一个做出的反应是觉得他在矫情，并认为他在矫情的同时为自己的才情开脱。但是，当我某日去了他家，并看到他那些堆得像小山一样废弃不用的字纸时，方信其言。于是，我开始惭愧，开始为自己先前的无知而深深地不安。其实，好的书法作品与好的文章一样，非妙手不可多得。重读《祭侄文稿》，一种异样的感觉便浸漫全身，大书法家颜真卿的形象大树一样立在我的眼前。遂想：有人着意为之而一生不得其妙，有人随意之中的一幅草稿便成为千古佳品，这中间是不是有着某种不可言说的秘密或机关呢？

之五

　　赵树理是位红极一时的乡土作家，他的作品因为群众喜闻乐见而得到很高的评价，被政府授予"人民艺术家"之称号。他的许多短篇小说如《登记》《小二黑结婚》等，不但被改编成戏剧、电影广为传播，且一度入选当时的中学课本作为教材。在当代文学史上，因为他的影响与潜移默化，以他为首的同时代山西作家被形象地誉为"山药蛋派"。中国毕竟是个农业大国，占绝大多数人口的农民在一定程度上会影响文学的走向。赵树理小说之所以走红的依据盖出于此。原先，曾看过一位老作家写的回忆文章，说是数年前他随团访问苏联，问及人们都知道哪些中国作家的名字时，有数人齐答赵树理，可见赵树理的走红并不仅仅限于国内。后来又读陕西作家陈忠实在《白鹿原》之后的创作谈，他对赵树理也是念念不忘，谈到自己当初的文学启蒙时，他将赵树理的《三里湾》赫然列于首位。作为乡土作家，赵树理的小说清新、生动，有一种直接从生活中移植过来的原汁原味。更重要的是，他的作品始终与时代的脚步合拍，是当时许多新观念与新思想的传播者。据悉，在目前大学中文系的讲坛上存在着两种声音，一些喜爱赵树理的老教师讲到他时仍眉飞色舞，崇敬之情溢于言表；一些年轻且新潮的教师则将他贬得一钱不值，认为他的作品缺乏厚重感，是一些档次较低的肤浅之作。与之相比，另一位乡土文学的大手笔柳青的创作之路更为曲折一些。他的代表作《创业史》是当时乡土文学的一座丰碑。记得初读他的那些短篇与散文时，觉得他和蔼、慈祥，后来见到他的照片，觉得他光头而戴圆眼镜的样子更像中华人民共和国成立前的地主或严厉的私塾先生。作为文学前辈，陕西作家有许多写过他的颂扬文章，已故作家路遥就称其为师长、恩师。在柳青的创作生涯中，唯《创业史》的写作更让其难忘。《创业史》是一部反映农业合作化时期的作品，因为功力深厚与观点鲜明而被节选入中学课本，取名为《梁生宝买稻种》。对柳青来说，《创业史》耗尽了他的心血，倾尽了他的生命，却也使人们对他臧否不一。他反对包产到户，赞成农业互助合作化，而在他去世不久中国即实行了农村联产承包责任制。他在《创业史》中写到的那个一心想发家的反面人物——梁三老汉的原型，因为治家有方在数年之内骤富。这个农民认为柳青对他的丑化毫无道理，有一次面对记者时他站在自家新盖的瓦房前说："要是刘蕴华（柳青原名）还活着，我要让他看看到底谁错了。"语气之中仍对往事耿耿于怀。面对柳青与赵树理，后来的读者或许众说不一，但有一点毋庸置疑的是，他们都是赢家，都是那个特定时代乡土作家中的佼佼者。

之六

想起一位作家写过的一则故事，说是有四个人要过河，这四个人是：有钱的、有权的、大力士、作家。摆渡的艄公道：你们四个人，都要把你们最为宝贵的东西给我，我才肯让你们上船。之后有钱的给了点钱，上了船。有权的说：你不渡我过河，我明天会派人抓你。他也上了船。大力士不说话，晃了晃拳头，也上了船。轮到作家开口了，作家说：我无钱无权无力气，我唱首歌儿给你听。艄公说：歌儿我也会唱，谁要听你的。说罢转身去了。天渐渐黑了，冷风嗖嗖，作家又饿又冷，想着对面家中妻儿老小还在等着他买米下锅，不禁潸然泪下，叹道：唉。听到这一声叹息，艄公立即转过身来，笑道：作家最宝贵的是真情实感，你这一声叹息，比你唱一千首歌儿都好听。遂邀作家上船。

之七

文学评论是一项庄重而有意义的工作。对于创作者来说，文学评论家有如足球场上的裁判，他总是在哨声与奔跑中对绿茵场上的运动现象做出各种各样的判决。足球裁判和评论家手中都有一把尺子，不同的是，足球裁判的尺子是国际足联给的，而评论家的尺子常常掌握在自己手里。近几年，常常听到足球界有"黑哨"一说，"黑哨"的意思是指裁判员在判罚的过程中隐去了真相，而以一己之私做出了有失公允的判决。"黑哨"的出现令足球界愤怒不已。因为对于一个球队或一场比赛来说，一次"黑哨"的出现就会令局势顿改或结果大变，"黑哨"可以使平庸的球队一夜之间引人注目，也可以使一支实力雄厚的球队从此一蹶不振，可见"黑哨"对足球以及球迷的危害。那么，文学评论家有没有"黑哨"呢？有的。文学评论家的"黑哨"通常不是指那些庸常的人云亦云的论说，它常常体现在对文坛有影响力或左右力的一些论者的概述。在我的印象中，文学评论家担当的职责应该是对已经浮出水面的作家作品进行严格的甄别、判断、分析，进而公允地将其产生的意义剖解给人们。没有文学评论家，便没有文学史的公正与条分缕析。有人说，文学评论的稿费应该以一字百元来计算，对这话相信无人会提出异议。因为对于一篇千字左右的文学评论来说，其阅读作品的字数有可能在数十万字以上。而要将一段时期或一个地域的文学现象归类，那就不单单是粗略或大而化之的阅读问题了，还要求评论家有广博的知识、严密的逻辑以及非同寻常的分析判断力，等等。一个有眼光的批评家，有可能造就一种生机勃勃的文学氛围，而一个偏执一词的人，他所研究的范围则极有可能造成某种成就的缺席。文学评论的特点有多种，其中之一是，它往往借助别人的作品阐发自己的思想。由于这一特点，文学评论在急功近利的时代便口味大改，往往被一些人作为广告或炒作的工具而失去独立，沦为附庸。殊不知好的评论与其他体裁的作品一样，同样能给人以美的享受并成为人类思索的结晶，比如《诗品》，比如《文心雕龙》。而一篇好的评论对整个文坛的贡献则更是不可估量。于是有人说，作家是人类灵魂的工程师，评论家则是作家灵魂的审判长。

那些年的民间游走

　　喜欢上文学，和一本刊物有关。那时候《六盘山》还不叫现在这个名称，而叫《六盘山文艺》，封面题字也不是毛体，而是五个很大的黑体字，后来还换成过一个老书法家的行草。封面设计也简单，淡淡的几笔，有时是山，有时是村子，有时什么也没有，只有隐约的一些意象在流动，让人感觉莫名其妙的朴素、接地气。

　　上初中的时候，我看到了这本刊物，最初模仿写一些小说、散文、散文诗，因为总是发表不了，便瞄上了刊物后面的"民间故事"——这是个阅读量很大的栏目，上面刊登的是一些本地流传已久的民间故事，经一些有一定文字功底的人写出来，化为"文学"文本重新刊登，名为"整理"，后面还缀有讲述者、整理者的名字。我想，这个我也能。于是一天晚上，在夜深人静之时，根据回忆诌了这么一篇东西，叫《人心不足蛇吞相》。故事不但很快登出来，占了很大篇幅，且名字没有缀在文后，而是直接像小说、散文一样放在标题下面。

　　第一篇民间故事登出来，得稿酬八元——那时一碗烩面五毛，一碗炒面一块五，整整八元，那得多少次到街上偷偷摸摸去大快朵颐啊。

　　我开始有意识地搜集民间故事。搜集的办法就是找人讲述。那时我已经无师自通地会一点搜集手段了。我用稿费买了一盒羊群（一种很便宜的纸烟），带个小本本，然后在雨天或饭后，到村子里那些会说

"古今"的人家里去，说明来意，给对方敬一根纸烟，然后煞有介事地在膝头摊开小本本，边听边记录。

给我经常说"古今"的有两个人，一个是给生产队放羊的我的一个老哥，他是个独眼，老婆死了，留下两个儿子，吃完晚饭也没什么事。他的故事讲得有些乱，没有逻辑、因果，有时只有一些"有意思"的细节，整理时得充分发挥想象。另一个是我的堂姐夫，一个从外村招赘到我们村的上门女婿，伶牙俐齿，能说会道。他不但能讲许多我闻所未闻的"古今"，还能唱戏、说仪程。他讲的故事，几乎不用整理就可以直接写在稿纸上。中学期间，我大概整理了十多篇这样的小故事，一半登在《六盘山文艺》，一半留给县文化馆专门管理民间文学作品搜集工作的一个办公室。

这些民间故事被很多人注意到了。高中毕业时，时任西吉一中教导主任的散文家张光全老师在毕业典礼上说："我们这一届毕业生很优秀，其中还有许多文学人才呢，比如×××、×××。"这其中第二个人的名字，就是我的名字。

大一暑假，在帮家里收割完麦子之后，我和古原相约一起去采风。这是一次自发性质的自由活动。我俩各骑一辆自行车，从县文化局要了一纸"搜集民间故事"的证明，然后沿通往火石寨的砂石路一路北行。在路上，我们时不时地就会拦住赶脚的人，让人家给唱个曲儿，或说个"古今"。大多数人都会摇着手拒绝，而且边摇手边狐疑地看着我们，只有一位背着褡裢的老人，面相和善，留一撮花白胡子，在吸了我们递过去的纸烟后，盛情难却似的坐在崾岘口，给我们说了个"古今"。这个"古今"的名字业已忘了，只记得经古原整理，似乎被收到《西吉民间故事》里。

听完故事，我们又骑车上路，这时，得意忘形使我们付出了代价——在下一面斜坡时，我发现刹车失灵了——这种在石头山上开出来的路，路面一层细砂，车子下坡犹如又加了一脚油门。车子越来越快，刹车拉到底也不起作用。怎么办？慌乱之中我将自行车靠向路边一截地埂，车子停下来，人却一个前滚翻甩飞出去，在五米开外又奇迹般地站起，犹如杂技团演员的一次蹩脚表演——向前一看，一块牛大的石头就在我们脚前，距离不足两米。我喘息半天，惊魂未定。当晚夜宿火石寨乡政府。那时火石寨还很萧条，街上没有一家饭馆，我们肚子饿得咕咕叫，承蒙乡长关照，让大师傅给我们在乡政府灶上做了一碗揪面片，吃饱喝足，将息一夜。第二天飞也似的从另一条路"逃"回了家。

后来，古原将这段经历写成散文《山里的花儿开》，意境浪漫、美好，其实，那天是我们参加过的所有采风活动中最惨也最失败的一次。